Lynn Joseph

Traducción de Alberto Jiménez Rioja

EL COLOR DE MIS PALABRAS

Published in arrangement with Lynn Joseph,
c/o Curtis Brown Ltd., 10 Astor Place,
New York, NY 10003

978-1-930332-75-1 (PB)

Printed in the U.S.A.

17 19 20 18 16

Library of Congress Cataloging-in-Publication Data is available.

AVECES NO TIENES CONTROL SOBRE LO QUE VA A ocurrir, como descubrí cuando tenía doce años. . . Pero en ocasiones sí lo tienes. Y cuando eso sucede hay que ponerse al timón, porque lo cierto es que nunca sabes cuándo llegará otra oportunidad.

DÍA DE LAVAR LA ROPA

El sábado mami y yo bajamos a lavar la ropa
al río, muy cerca, allá donde las rocas.
Apoyamos los cestos firmes en las caderas
y cargamos con jabón, bateas y tendederas.

Hoy todos los amigos nos dan los buenos días
al pisar con cuidado las piedras de la orilla.
Los rayos del sol brillan entre las hojas quietas
y las dos nos peinamos sin prisa nuestras trenzas.

Y entonces ¡pumba! golpeamos la ropa
contra las rocas para espantar las manchas.
Mami frota sin pausa ni desmayo
y las dos exprimimos y escurrimos.

Destellando de blanco, tan limpias como el río,
las ropas huelen, como en un sueño mío,
el campo olía; sobre ramas y arbustos extendidas
se secarán al sol y entre la brisa.

Luego, a la luz azulada de la luna,
mamá y yo recogemos, doblando con cuidado,
las prendas perfumadas y las llevamos
a casa con nosotras, para todos.

EL DÍA DE LAVAR LA ROPA ERA EL DÍA EN QUE TENÍA a mami para mí sola. Era mi día preferido de la semana, a menos que lloviera: entonces tenía que seguir compartiendo a mami con todo el mundo, especialmente con papi, que se sentaba en la galería y no se movía pasara lo que pasara. Mami no tenía tiempo para cepillarse el pelo, y no digamos nada de compartir confidencias, tal como lo hacíamos el día de lavar la ropa.

A la orilla del río, yo le decía a mami todas las cosas especiales en las que había pensado durante toda la semana. Si había escrito un nuevo poema, se lo recitaba mientras metíamos las manos en el agua fresca. Éramos ella, yo y el río. Ni otras manos, ni otros oídos.

Mami era la única persona que sabía que yo quería escribir libros cuando creciera. Ya sé que parece algo raro, porque la verdad es que no conocemos a ningún escritor por aquí. En realidad papi me dijo que en la República Dominicana sólo el presidente podía escribir libros.

Creo que es verdad. Fui a la librería y vi un montón de libros del Presidente Balaguer. Se lo conté a mami un día en el río. Golpeábamos la ropa contra las piedras, y yo la sujetaba con fuerza mientras sacaba la suciedad de los pantalones de papi y de los uniformes de camarero de mi hermano Guario.

Mami no decía nada. Siguió volviendo la sábana que lavaba de un lado a otro y golpeándola contra las piedras. Finalmente levantó la cabeza y dijo:

—Ana Rosa, siempre tiene que haber una persona que haga las cosas por primera vez.

Creo que mami me estaba diciendo que no había razón alguna por la cual no pudiera intentar ser la primera persona que escribiera libros, aparte del presidente, en nuestra isla. O eso, o insinuaba que yo debería postularme para presidente y si ganaba, podría escribir lo que quisiera.

A veces las palabras de mami son como un rompecabezas. Tengo que darles vueltas y vueltas en mi cabeza como si estuviera bailando un merengue. Más tarde o más temprano termino por caer en lo que quería decir, pero a veces me gustaría que fuese un poco más directa cuando dice las cosas.

También papi puede parecer que habla en adivinanzas, pero siempre sé exactamente lo que quiere decir, como cuando le pregunté si podía tener un cuaderno para escribir mis poemas. Me respondió:

—Muchacha, la cabeza te está creciendo más que el sombrero.

Cuando se lo conté a mami al día siguiente, se rió, pero yo estaba segura de que la risa estaba sólo en su garganta y no en su corazón.

—Tu papi dice cosas divertidas a veces, cariño —dijo—. Es un soñador.

—¿Un soñador? —pregunté—. ¿Cómo puedes decir eso, mami? Todo lo que hace papi es sentarse en la galería y tomar ron.

La mano de mami salió volando con la rapidez de una lagartija que se esconde debajo de una piedra. Sentí el dolor en mi mejilla antes de darme cuenta de lo que había sucedido.

—¡No tienes pelos en la lengua, chica! Ten más cuidado.

Me tragué las lágrimas y golpeé la ropa que lavaba con más fuerza. El día de lavar nunca había sido un día de palabras hirientes ni de cachetadas. Sentí como si papi fuera una roca que se desplomaba colina abajo y caía en el río. Después del chapuzón no quedaba nada, salvo el silencio.

A la luz del día el silencio es más intenso y más hostil que en ningún otro momento. No hay medidas dulces de silencio como las estrellas nocturnas, o el crepúsculo, o la luz creciente de la mañana. Sólo hay un silencio severo y brillante que resuena más alto que los tambores.

Miré de reojo a mami. Enjuagaba la ropa en el río. Me dijo:

—Mira, Ana Rosa, mira el río.

Lo miré. El agua rodeaba las rodillas cobrizas de mami y corría por sus dedos rojizos y agrietados, dejando besos húmedos en su piel.

—Nunca pasará por aquí de nuevo —me dijo—. Allá se va, al mar, donde se convertirá en espuma de las olas, nadará con los peces y guiará a los barcos en navegación plácida o accidentada, según su humor. Esta agua que pasa por mi lado tan deprisa dará la vuelta al mundo. Se alejará de la República Dominicana, se alejará de mí, pero siempre bajo el mismo cielo y el mismo sol.

Nunca había oído a mami decir tanto de una vez. Miré con mucha atención al río sin ser capaz de ver todo lo que ella veía en él.

—Tú eres este río, Ana Rosa —susurró—. Pero

debes sortear las rocas suavemente en tu camino hacia el mar. Allí podrás hacer lo que quieras.

Las palabras de mami eran suaves, pero sus ojos castaños se habían convertido en ranuras de preocupación como tajadas de luna en una noche oscura. No había felicidad en la sonrisa que me brindó.

Pensé en las palabras de mami durante muchos días y muchas noches. Pero daba igual cómo volviera a ellas o desde qué punto de vista las mirara o cómo las reprodujera en mi mente: siempre me decían la misma cosa, que mami tenía miedo.

Mami no tenía que decirme lo que todo el mundo sabe en mi isla. Y lo que yo también sé.

Aquí habían muerto escritores. Al menos aquellos que habían tenido el valor suficiente como para lanzar sus palabras a nuestro gobierno.

—Pero mami —susurré mientras me acurrucaba en la pared que separaba mi cama de la suya—, yo escribo poemas y cuentos.

Y en la oscuridad caliente y pegajosa, oí la respuesta de mami:

—A veces es mejor guardarse esas cosas dentro. Por lo menos por un tiempo.

Estaba en lo cierto. Me estaba advirtiendo que

debía quedarme tranquila. Esperar hasta que dejara la isla y pudiera escribir lo que quisiera. Cuando viviera en un país donde el silencio no fuera legítima defensa.

Pero yo quería que mami abriera los ojos: ¿deberíamos guardar siempre silencio, la clase de silencio brillante, severo como la luz del día, que resuena más que los tambores? ¿Lograré alguna vez poner en papel lo que pienso? ¿Aunque sea sólo que papi se sienta en la galería todo el día a beber ron? ¡Vaya! Nunca volveré a decirlo en alto. La bofetada de mami durará toda una vida. ¿Y qué pasa si escribo lo que quiero mientras todavía soy un río que fluye sorteando las rocas de mi isla?

Como mami había dicho, siempre tiene que haber una primera persona que haga algo.

PALABRAS

Quiero papel, por favor
por favor, quiero papel
porque estas palabras mías
van a marcharse
se marcharán por su cuenta
se perderán entre la gente.

Quiero papel, por favor
por favor, quiero papel
agarraré estas palabras
y las envolveré
donde no puedan marcharse,
deslizarse por el borde
y ahogarse.

ME ESTABA CONVIRTIENDO EN UNA PEQUEÑA ladrona, siempre robando trozos de papel. A veces eran las bolsas de papel en las que papi traía a casa sus botellas de ron. A veces eran servilletas o el papel gris que los dependientes empleaban para envolver cosas. Pero lo que yo más quería en el mundo era tener un cuaderno de mi propiedad. Un cuaderno donde escribir "Poemas, por Ana Rosa Hernández" en la primera página y entonces llenarlo con palabras, con largas palabras, con palabras cortas, con palabras que olieran y supieran y se percibieran como nuevas.

Pero el único cuaderno que tenía era para la escuela. Mami me había dicho que un cuaderno costaba 40 pesos: un montón de dinero, el equivalente a dos comidas completas para nuestra familia. Cuántas botellas de ron podía comprarse papi con 40 pesos, me pregunté. Mi hermano Guario tenía un cuaderno. Estaba lleno de blancas páginas vacías que esperaban las palabras. Una vez le pregunté:

—Guario, ¿podrías darme tu cuaderno para escribir mis poemas en él?

Movió la cabeza y respondió:

—Es para trabajar, cara, lo siento, pero puedes recitarme tus poemas siempre que quieras.

Levanté la cabeza hacia mi hermano mayor y sonreí.

Guario trabajaba de camarero en un restaurante cerca de la playa. Todo el mundo sabía que Guario tenía uno de los mejores trabajos del pueblo porque era muy bien parecido. A los turistas les gustaba verlo sonreír y hablar con él cuando le pedían la comida. Las muchachas de países fríos y lejanos se enamoraban siempre de mi hermano. Le tocaban su oscuro cabello rizado y escuchaban cómo les decía «mi amor».

Un viernes por la noche Guario salió a toda prisa a casa de su mejor amigo, Ángel. Iban a un club a bailar bachatas y Guario dejó su cuaderno sobre la mesa. Yo estaba sola en la casa. Mami había salido a visitar a una vecina y papi había bajado al colmado a jugar dominó. No tenía ni idea de lo que había sido de Roberto y Ángela. Súbitamente un soplo de brisa se coló por la casa y agitó las hojas del cuaderno de Guario. Las páginas vacías que el viento separaba me mostraban todos los maravillosos espacios blancos que esperaban por mis palabras. Tal vez podría escribir unas pocas páginas y arrancarlas, pensé. Guario nunca se daría cuenta. Cogí un lápiz y miré alrededor mío: estaba sola.

Así que empecé a escribir primero una página, luego otra y otra más. Paré cuando había llenado cinco páginas con palabras sobre el monte Isabel de Torres y la playa de Sosúa, que me encantaban. Escribí sobre los niños y sobre cómo trepaba a mi árbol gri gri favorito. Escribí un poema sobre Ángela, mi preciosa y tonta hermana mayor, que no sabía hacer otra cosa que sonreír a los hombres que pasaban por nuestra galería, y escribí también sobre mi hermano Roberto, que trabajaba muy duro bajo el sol alquilando sillas a los turistas. De repente me quedé a oscuras: era otro apagón. Una buena cosa, por otra parte, porque si no, no habría podido dejar de escribir.

Arranqué las hojas cuidadosamente y me las metí en el bolsillo. Fui a sentarme en la galería a mirar cómo el cielo llenaba su inmensidad azul con rosas y naranjas y un profundo púrpura. La oscuridad completa lo cubría todo. Además de la oscuridad me rodeaba el silencio, porque las radios de los vecinos habían dejado de transmitir sus ruidosos merengues.

Saqué las páginas de mi bolsillo; dos más, pensé. Nadie sabría nada. Volví de puntillas al interior y encendí una vela. Me senté a la mesa y escribí a su titilante luz. Escribí página tras página hasta que no quedaron más páginas vacías en el cuaderno de Guario.

Entonces oí un ruido.

—¿Ana Rosa, estás ahí?

Era mami. Di un salto y guardé el cuaderno en el bolsillo.

—Sí, mami. Aquí estoy.

—¿Qué estás haciendo, cariño? —preguntó.

—¡Nada, mami, nada! —dije en voz alta para alejar los escalofríos que recorrían mi cuerpo.

Mami se dirigió donde yo estaba y me puso una mano bajo la barbilla, inclinó mi cabeza hacia la luz de la vela y me miró a los ojos:

—¿Estás segura? —preguntó.

Hice un gesto de asentimiento mientras tragaba saliva. Puse la mano sobre el cuaderno de mi bolsillo y salí del cuarto. Entré en el dormitorio que compartía con Ángela y me senté sobre la cama con la mano en el bolsillo ocultando mi secreto. Finalmente, escondí el cuaderno bajo el delgado colchón, poniéndolo tan cerca de mi lado como pude.

Al día siguiente, todos los miembros de la familia buscaban el cuaderno. Guario gritaba que lo despedirían, lo que hizo que papi se asustara mucho. Aunque papi siempre juraba que si dejaba su silla en la galería durante las horas de calor del día sufriría un ataque, también ayudaba a buscar el cuaderno.

La casa era como un manicomio: papi, Guario, Roberto y Ángela, mis primos pequeños y todo el mundo tiraban todo por la puerta en una búsqueda frenética. Sillas, una radio, botellas de ron vacías, periódicos viejos, ropa, nuestros dos perros, unas gallinas que había por allí que picaban a esto y a lo otro... todo salió volando al patio abandonado.

Desde luego yo sabía bien dónde estaba el cuaderno —debajo del colchón— pero me sentía demasiado asustaba para decirlo. Fingí que buscaba por la casa. Entonces me metí en la cocina donde mami estiraba la masa para hacer empanadas.

—Mami —dije nerviosamente—, todo el mundo busca el cuaderno de Guario.

Mami hizo un gesto de asentimiento con la cabeza pero no levantó la vista. Pasó por lo menos un minuto antes de que dijera:

—Aparecerá cuando tenga que aparecer.

En ese momento supe que lo sabía. Esperé sus gritos, pero mami siguió espolvoreando harina y amasando la mezcla. Realmente no entendía a mami en absoluto.

Me metí en el cuarto y deslicé la mano debajo del colchón. Allí estaba el cuaderno.

Me senté en el suelo mordiéndome las uñas. Guario

me había preguntado dos veces si había visto su cuaderno y yo le había contestado que no.

No pude evitar el rápido "¡no!" que salió de mi boca. Quería decirle la verdad, pero mi boca era incapaz de decir ninguna otra cosa.

—¿Pero qué haces sentada ahí? —preguntó Ángela, que entraba en el cuarto. Tiró las almohadas al suelo y empezó a levantar las sábanas de la cama.

—Ya he mirado ahí —dije rápidamente antes de que decidiera darle la vuelta al colchón.

Mi corazón latía cada vez más rápido mientras los gritos de Guario llenaban todos los rincones de la casa. Papi maldecía y Roberto y Ángela corrían de un lado para otro con la preocupación reflejada en sus rostros. Había un horrible miedo en el aire, miedo a lo que ocurriría si Guario perdía su trabajo. No había manera en el mundo de que yo pudiera devolver ese cuaderno ahora que cada una de sus páginas estaba llena con mis descuidadas palabras.

Entonces oímos la voz de mami:

—El almuerzo está listo: vengan a comer. Y dejen de hacer tanto lío por ese cuaderno.

El severo sonido me cubrió como la dulce oscuridad de la noche. Mami lo sabía y no iba a decirlo.

Bueno, no importa lo que suceda en nuestra familia, siempre escuchamos a mami. Así que, cuando mami nos llamó para almorzar, dejamos nuestra frenética búsqueda y nos sentamos a la mesa. Papi dijo las oraciones y mami nos llenó los platos con habichuelas rojas, arroz y crujientes empanadas doradas rellenas de pollo y especias. Había también grandes vasos de jugo de lima con preciosos cubitos de hielo. Fue uno de los mejores almuerzos que recuerdo: podría haberse servido en una fiesta.

Era como si mami hubiera preparado esta comida especial con el propósito de distraer a la familia. Y lo consiguió. Después, todos nos echamos hacia atrás en nuestras sillas, repletos y relajados, como si las empanadas pudieran lograr que el aspecto del mundo mejorara y las habichuelas rojas y el arroz consiguieran espantar las penas.

Hablamos de dónde podría estar el cuaderno y lo que le podía haber ocurrido. Papi había dejado de maldecir y Guario ya no gritaba. Finalmente papi buscó en su bolsillo y sacó algunos pesos, que puso sobre la mesa. Mami entonces introdujo una mano en el fondo del bolsillo de su vestido y puso otros cuantos pesos en la mesa. Roberto dio un salto, fue a la cocina y volvió con unos pesos más que puso sobre los de papi y mami.

Guario estaba sorprendido y noté que los ojos se le enrojecían como si estuviera intentando no llorar. Pero eso no podía ser posible: jamás había visto llorar a Guario en mi vida. Guario tenía 19 años y era mi hermano mayor, fuerte y grande, que se encargaba de todo. Mami lo llamaba Jefe cuando papi no estaba cerca: y eso era lo que Guario era, el jefe. Tenía dos trabajos, compraba la comida y arreglaba todo lo que necesitaba ser arreglado. Siempre estaba serio.

—Toma —dijo papi, empujando los pesos hacia Guario—; toma esto y cómprate un cuaderno nuevo para trabajar.

Guario asintió con la cabeza y se levantó. Rodeó la mesa y besó a mami en la mejilla. Inmediatamente salió de la casa y se fue a trabajar.

Contemplé la ancha espalda de Guario que se alejaba cada vez más de nosotros. Cuando me volví, mami levantó las cejas mirándome como si me dijera «¿qué esperas?». Me levanté de un salto y corrí detrás de Guario. Estaba en la esquina esperando que un ruidoso *motoconcho* lo llevara al trabajo.

—¡Guario! —grité.

Mi hermano se dio la vuelta. Me precipité hacia él y rodeé su cintura con mis brazos.

Su mano acarició mi cola de caballo.

—Yo cogí tu cuaderno —susurré en su camisa—. Lo siento.

Guario siguió acariciándome el pelo. Después de un rato dijo:

—Sé lo que se siente.

—¿Cómo se siente qué? —pregunté.

—Querer tantísimo algo.

—¿Qué has querido tú tanto? —pregunté, levantando la vista hacia él.

—Un futuro —respondió. Y entonces vi que tenía los ojos llenos de lágrimas. No era la primera vez que oía a Guario hablar sobre querer un futuro, sólo que nunca le presté atención. Pero al estar allí mismo en ese momento oyéndolo y mirándolo, el mundo entero osciló por primera vez del *yo yo yo* a otro ser: mi hermano mayor.

Guario y yo nos quedamos de pie en la esquina abrazados mientras todos los motoconchos pasaban haciendo sonar sus bocinas. Fue la primera vez que supe que las palabras no lo pueden decir todo.

EL ÁRBOL GRI GRI

Me siento en las ramas
altas de mi gri gri:
contemplarlo todo
me gusta a mí.

Arriba de mi gri gri
soy poderosa reina
que se sienta en su trono
y las ramas la peinan.

Me acurruco en las hojas
mientras el viento sopla;
y si los truenos truenan
voy y beso la lluvia.

Soy del gri gri la reina
y estoy al mando,
y protejo mi árbol
de malas manos.

Sola con un tesoro
que es sólo para mí;
escondida del mundo
me quedo aquí.

NO ERA NECESARIO QUE NADIE DIJERA QUE YO era distinta a todas las demás personas de nuestro pueblo. Quedó claro el primer día que me subí al árbol gri gri y me quedé allí durante horas.

—¿Qué le pasa a tu hija? —le preguntaban los vecinos a mami.

—No está bien de la cabeza —se respondían a sí mismos cuando mami se limitaba a encogerse de hombros.

Papi decía: no tiene nada de malo sentarse en un árbol. Es la misma cosa que sentarse en una galería sólo que más arriba.

A veces Roberto trepaba conmigo pero se aburría rápidamente y bajaba, aullando como un mono. Ángela movía la cabeza mirándome y decía que nunca sería una verdadera chica, porque las chicas no trepan a los árboles cuando tienen 12 años.

Ni siquiera Guario lo entendía, aunque lo intentaba. Una vez me preguntó qué hacía yo arriba: eso fue más que lo que cualquier otra persona se había aventurado a preguntar.

Le dije que miraba alrededor. Me preguntó si no creía que estaba derrochando el tiempo, cuando podía hacer algo para preparar mi futuro, como estudiar inglés.

Guario siempre pensaba en el futuro. A veces yo tenía la impresión de que le atormentaba particularmente el que a nosotros nos diera igual lo que el mañana iba a traernos. Y en realidad, ¿qué había que saber? O llovería o no llovería. Pero seguro que iba a hacer calor, que mami iba a cocinar, que papi se sentaría en la galería y que la radio tocaría merengues todo el día. Eso seguro.

Además, yo ya sabía lo que quería hacer en el futuro. Quería ser escritora, pero sólo mami lo sabía. Si se lo hubiera dicho a Guario, hubiera comentado que era poco razonable. Si se lo hubiera contado a algún otro, se hubiera reído. Pero en mi árbol gri gri, yo podía ser cualquier cosa que quisiera ser, una escritora incluso, una escritora con palabras para todo lo que yo veía desde mi umbroso y verde escondrijo.

Podía ver cómo la superficie de plata del océano destellaba bajo la luz del sol. Podía ver la gente que caminaba fatigosamente de un lado para otro el polvoriento camino de Sosúa; algunos cargando cubos de agua sobre la cabeza. Podía ver a los chicos que jugaban pelota en el patio de la escuela con la rama de un árbol y una pelota de goma. Podía ver el río serpenteando entre las rocas, hambriento de lluvia.

Allá lejos, en Puerto Plata, podía ver el monte Isabel de Torres, un gigante verde con blancos rizos que se enredaban en torno a su cabeza.

Podía ver la soñolienta laguna y las tristes casitas de la gente que por allí vivía. Podía ver los pájaros que pasaban volando por mi gri gri, con sus aterciopeladas plumas rubí y oro centelleando en sus diminutos cuerpos, y descubrir el arco iris que resplandecía sobre el mar, después de una tormenta. Podía contar las rosas del crepúsculo en el patio de la señora García. Podía ver a mi maestra subiendo la colina que daba junto a su casa, y a papi sentado en nuestra galería, dando cabezadas.

Un día, sin embargo, vi algo que no había visto nunca y que me atemorizó tanto que casi me caigo del árbol. Estaba mirando el mar cuando repentinamente salió de él un monstruo gigantesco, negro y enorme, cuya sombra cubría el sol. Pero antes de que pudiera emitir un grito, el monstruo volvió a sumergirse.

Me deslicé del árbol tan rápidamente como pude y corrí hacia la casa gritando:

—¡Papi, papi, hay un monstruo en el mar!

Papi se despertó de su siesta:

—¿Qué pasa? —preguntó.

—Un monstruo —repetí—. ¡Un monstruo gigantesco ha salido del mar y viene en esta dirección!

Volviéndome hacia la casa, grité:

—¡Mami, ven rápido! Hay un monstruo marino, ¡lo he visto!

Mami salió enseguida con Ángela tras ella. Iban secándose las manos porque estaban lavando los platos del almuerzo.

Todo el mundo me miró como si estuviera loca.

—¡Es verdad! —dije, saltando arriba y abajo.

Mami hizo que me sentara y que le describiera exactamente lo que había visto. Antes de que hubiera terminado, Ángela se lo había gritado a su mejor amiga, que pasaba por allí. Papi, por su lado, había llamado con la mano a algunos de sus amigos de las partidas de dominó y les contó lo que yo había visto desde la copa de mi árbol gri gri.

Pronto nuestra galería estaba rodeada de gente que me preguntaba y me pedía que repitiera mi historia.

Cuando la hube contado por cuarta vez, el señor García, el dueño del colmado, se empezó a reír.

—Te debes haber quedado dormida en el árbol y has tenido una pesadilla, cariño —dijo.

—No —repliqué, moviendo la cabeza—, lo he visto.

Pero sus palabras habían causado un alivio general.

—Sí —se mostraron todos de acuerdo—, has debido imaginártelo.

—¡No, idiotas! —quise gritar—. No me he imaginado nada. Pero me aguanté porque a mami y a papi no les gustaba que yo les gritara a los vecinos ni les llamara idiotas. Eso seguro.

Mientras todo el mundo se sentaba en la galería para beber algo y hablar de mi monstruo marino, me escabullí y corrí hacia mi árbol gri gri. Oí que mami me llamaba, pero fingí que no había oído y subí rápidamente al árbol. Necesitaba averiguar si iba a poder ver otra vez lo que había visto antes.

Me senté en mi rama favorita y separé unas cuantas hojas de los ojos para mirar el mar. Lo miré tan intensamente y durante tanto tiempo que la gran masa azul llenó mis ojos y tuve que parpadear varias veces para no quedarme ciega.

Fue cayendo la tarde y el azul del mar se tornó lentamente gris mientras yo miraba y esperaba. El estómago me hacía ruidos, pero los acallé apoyando la mano en él.

Entonces, cuando justamente empezaba a pensar que quizá lo había imaginado después de todo, vi un surtidor de espuma blanca. El surtidor subió y subió en el aire como si fuera una fuente mágica.

—¡Es un volcán! —susurré. Recordé que mi maestra nos había contado cómo muchas de las islas del Caribe se habían formado por volcanes que emergían del mar.

Estaba sin aliento. Puede que estuviera viendo el comienzo de una isla completamente nueva, que surgía en ese momento junto a la República Dominicana. Mientras seguía mirando, una forma negra surgió del surtidor de agua. Ascendió y se dio la vuelta como si estuviera bailando, y fue entonces cuando vi la reluciente garganta blanca del monstruo marino. Se sostuvo unos segundos entre el cielo y el mar y entonces cayó de nuevo al agua salpicando gotas saladas que ascendieron hasta las altas nubes rosas y perlas.

El corazón me latía furiosamente y me agarré con todas mis fuerzas al árbol para no caerme. Tenía razón: no había imaginado nada. De verdad había un monstruo marino allá fuera. Pero esta vez no me precipité árbol abajo para contárselo a todo el mundo.

Me preguntaba qué haría la gente. ¿Intentarían dar con él? ¿Quizá matarlo? De algún modo, aunque no sabía por qué, estaba segura de que el monstruo marino no era peligroso. Lo único que quería era nadar y salir del mar de un salto, del mismo modo que yo saltaba por encima de las olas.

Bajé del árbol y me dirigí a casa. Lo primero que quería hacer era comer, pero había gente por toda la galería que hablaba animadamente.

—¡Lo hemos visto, Ana Rosa! —gritaron—. ¡Hemos visto ese gran monstruo marino tuyo!

Papi estaba muy ocupado sacando vasos, tazas, jarritas, todo lo que pudiera servir para tomar un trago de Coca-Cola y ron. Mami hacía circular una bandeja con dulce de leche: lo adoro. Me dio la impresión de que acababa de hacerlo, porque estaba todavía blando y tibio.

Los niños llevaban de un lado para otro grandes bandejas con diferentes cosas de comer que sus mamás habían preparado. Ángela les daba instrucciones para que pusieran la comida aquí o allí en nuestra gran mesa. Vi bandejas que contenían pequeñas montañas de arroz con pollo, plátanos fritos y batatas fritas.

El señor García me pidió disculpas una y otra vez.
Unas cien personas más o menos se habían reunido en
nuestra galería, en el patio y a lo largo del camino, y
todas hablaban del monstruo marino.

—La temporada turística está a punto de comenzar
—dijo el señor Rojas, dueño de un *Jeep* que alquilaba a
los turistas—. No podemos permitir que sepan que tenemos un monstruo marino en la bahía de Sosúa.

—¿Pero por qué no? —preguntó la señora Pérez,
que vendía cuadros en la playa—. Podría ser una atrac-
ción turística. Tal vez mucha gente decidiría venir sólo
para verlo.

Hubo unos cuantos que susurraron «tiene razón,
tiene razón» y otros dijeron «está en lo cierto, está en lo
cierto».

Parecía como si fuera a haber una gran discusión en
nuestra galería, justo como las que se producen cuando
es año de elecciones presidenciales. De la manera que
todo el mundo hablaba, pronto habría músicos com-
poniendo merengues sobre el monstruo marino y pronto
habría fiestas justo como durante las elecciones.

Meneé la cabeza y me limité a escuchar a todos
mientras me servía un plato lleno de comida. Ese po-
brecito monstruo marino, pensé.

Entonces la gente empezó a hacer un Plan. Cuando los dominicanos se reúnen y deciden hacer un plan, ¡presten atención!, porque hay planes y hay Planes, y ¡éste era definitivamente un PLAN!

Lo primero que la gente decidió fue que alguien tenía que vigilar al monstruo marino. Todo el mundo miró a su alrededor para ver quién iba a ser voluntario. Entonces fue cuando supimos que el PLAN no iba a funcionar porque nadie quería hacer algo tan estúpido como bajar hasta la playa y vigilar el mar.

Fue Ángela la que tuvo la brillante idea de que, dado que yo lo había visto primero, podía montar guardia desde mi árbol gri gri. Todo el mundo se volvió hacia mí y asintió con la cabeza.

—¡Vaya, por fin una buena razón para que esté arriba todo el tiempo! —oí que susurraba la señora García.

Papi me miraba y asentía con la cabeza, orgulloso de que su hija hubiera sido seleccionada para un trabajo tan importante. Yo dije:

—Está bien, lo haré.

Así que el PLAN continuaba. La mitad de la gente quería hacer carteles para anunciar que la bahía de Sosúa tenía un nuevo visitante y que ese nuevo visitante era una especie de monstruo marino. La otra mitad de la gente sacudía la cabeza y decía no, no, es demasiado obvio.

—Tenemos que ser muy sutiles con un asunto tan delicado como éste —dijo la señora Pérez—. Podemos hacer una maravillosa historia sobre este monstruo marino, darle un nombre, convertirlo en un monstruo amistoso y entonces decírselo al mundo. De otro modo todo lo que haremos es meterle miedo a la gente y que nadie venga a esta parte de la isla.

Tenía razón en eso. Una historia sobre el monstruo marino era mucho mejor que un gran cartel con una flecha que dijera:

¡Por aquí para ver el monstruo marino de la bahía de Sosúa!

La idea en conjunto me dio ganas de reír. Qué diría Guario cuando llegara a casa y lo pusiéramos al corriente de todo esto. Estaba impacientísima porque volviera del restaurante.

—¡Bien! —dijo el señor Rojas—. ¿Qué nombre le pondremos al monstruo?

—Y, además, ¿quién sabe escribir una historia sobre él? —preguntó el señor García.

La señora Pérez se encogió de hombros y dijo:

—No sé escribir muy bien, pero entre todos podemos hacer algo.

Entonces mami, que habitualmente se mantenía en silencio durante estas discusiones, habló alto y claro:

—Ana Rosa es quien mejor puede escribir una historia sobre el monstruo marino.

Me quedé sin habla. Ésta no era la mami que veneraba el silencio.

La gente movió las cabezas de un lado a otro. "¿Una niña va a hacer algo tan importante?", susurraban.

—Sí —contestó mami—. Démosle un cuaderno y escribirá en él una historia sobre el monstruo marino. Si no nos gusta, otra persona puede intentarlo.

El modo en que mami había dicho esto último, tan firme y definitivo, hizo que la gente asintiera con la cabeza:

—Bueno, no hacemos mal a nadie probando —dijeron.

Así que el señor García fue a su colmado por un cuaderno. Mami me lo dio; sus manos estaban tan frías como el río.

Mientras los mayores trasnochaban hablando en la galería, bebiendo y comiendo, entré y comencé a escribir la historia del monstruo marino. Lo primero que hice fue intentar darle un nombre, pero no se me ocurría ninguno bueno. En lugar de ello, comencé a pensar en su aspecto, y luego a imaginar lo que debía ser vivir solo en el mar, siendo tan diferente de todas las demás criaturas.

Los peces y los otros animales se sentirían probablemente amedrentados por su tamaño, su gran nariz y su larga cola restallante. Y lo más probable es que no quisieran jugar con él. Quizá comentaran entre susurros lo estrafalario de su aspecto. Pero el monstruo marino quería un amigo: muy dentro de mí, yo entendía perfectamente cómo debía sentirse.

Comencé a escribir. Escribí página tras página en el cuaderno que el pueblo me había dado. Cuando terminé era casi media noche. Salí a la galería; todo el mundo estaba todavía allí riendo y hablando y algunos bailaban con la música de la radio.

Los niños estaban dormidos en los regazos de sus padres. Algunos de los niños mayores dormían sobre una manta en el suelo y el merengue era como una especie de canción de cuna para ellos. Cuando la gente me vio se hizo el silencio. Alguien apagó la radio, otros despertaron a los niños que dormían en sus regazos. Papi se levantó de su silla y poniéndome un brazo sobre los hombros me condujo a la parte delantera de la galería.

Todo el mundo me miraba expectante. Allí estaba yo, temblando, sujetando el cuaderno que contenía mi historia contra mi corazón. Supe en ese momento que de eso se trataba: el mundo entero iba a saber de mí.

Dejé de pensar y empecé a leer. No miraba a nadie: ni a papi, ni a mami, ni a Ángela. Leí y leí y leí hasta que llegué a la última página de la historia. En ella, las otras criaturas del mar invitan al solitario monstruo a una gran fiesta submarina, haciendo caso omiso de que no hay nadie como él e incluso de que su tamaño le hace derribar a muchos de ellos cuando mueve la nariz o la cola. «Y el monstruo marino es tan feliz que sale del océano de un salto, enviando olas que centellean alrededor de él en un gigantesco anillo de luz», concluí.

Levanté la vista y vi varias cosas a la vez: vi a papi sentado en el borde de su silla, abstraído y silencioso. Vi a mami con las manos unidas y la cabeza inclinada como si rezara. Vi a nuestros vecinos sonriendo y meneando la cabeza. Por último vi a Guario, que debió haber entrado en la galería mientras yo leía.

Fue el rostro de Guario en lo que me centré: sonreía. Mi grande y fuerte hermano mayor que se preocupaba de nuestro futuro, mi serio Guario que casi nunca sonreía, dejó escapar repentinamente un grito de gozo y alzándome se puso a darme vueltas y vueltas en el aire.

—¡Hermanita, voy a comprarte un cuaderno nuevo todos los meses, pase lo que pase! —gritaba.

Cerré los ojos para no empezar a llorar allí mismo frente a todos los vecinos. Guario siempre cumplía sus promesas. Ahora podría escribir todo lo que quisiera, todo lo que había pensado o soñado o sentido o visto, todas las preguntas que me hacía. Estaba tan feliz que creí que saltaría tan alto como el monstruo del mar.

Entonces, de fondo, oí aplausos. La gente se había levantado de sus sillas y me aplaudía.

Oí gritos sobre lo buena que era mi historia y vi cómo la gente felicitaba a papi y besaba las mejillas de mami y les decía lo afortunados que eran de que yo fuera tan lista. Oí que mami decía que no tenía que ver nada con la suerte; hice una mueca y me dirigí a ella. Mami puso un brazo sobre mis hombros y me apretó.

—Vas a escribir muchas historias, ¿verdad, cara? —susurró en mi oído. Fue la noche más feliz de mi vida.

Todos nos olvidamos del monstruo marino hasta el día siguiente.

Un boletín de noticias de la radio anunció que una

ballena gibosa que se dirigía en grupo hacia la bahía de Samaná, para la época invernal de apareamiento, se había desviado hacia Sosúa.

—Pero la bahía de Samaná está sólo a dos horas en auto de aquí —dijo papi.

—Bueno, la pobre ballena no sabrá conducir —se burló mami.

Durante dos semanas nuestra ballena gibosa saltó y jugueteó en la bahía de Sosúa hasta que finalmente puso rumbo hacia Samaná para unirse a las otras 3.000 ballenas que se trasladaban allí todos los inviernos.

Pero mientras estuvo en Sosúa la contemplé cada día desde mi árbol gri gri. El hermoso monstruo marino blanco y negro me había ayudado a hacer realidad mi sueño. Amaba esa ballena. Le puse Guario de nombre.

⸓

SUEÑO DE MERENGUE

Me vuelvo a la derecha
me vuelvo a la izquierda
doy vueltas completas
en mi sueño de merengue.

El pie adelante
el pie detrás
con las estrellas trémulas
en mi sueño de merengue.

Giro al este
giro al oeste
bailo toda la noche
en mi sueño de merengue.

Abro los ojos
tiemblo y me deslizo
las rodillas se me doblan
se esfuman mis sueños.

En la República Dominicana, la música se nos mete en la sangre desde la cuna, y sale de nosotros en brillantes colores, en púrpuras y en rojos que giran por doquier. Nos despertamos con merengue y nos vamos a dormir con salsa. Entre pausas suspiramos ante los melancólicos sonidos de la bachata campesina.

En nuestro vecindario las casas de madera están unas junto a otras con cada color del arco iris. Nuestras radios cuelgan como pájaros negros en las galerías para advertir a los transeúntes de que hay alguien en casa y para mover los pies. Por la noche, el merengue suena con la fuerza suficiente como para que tiemblen las estrellas en el cielo.

Aquí, a nadie le gusta más bailar que a mi papi. Merengue, bachata, salsa... Papi ejecuta cualquiera de estos bailes con tal gracia que mirarle girar y deslizarse por la galería te hace pensar que la música vive en sus pies y lo hace flotar.

Dos veces al mes, los días que Guario cobra, celebramos una pequeña fiesta en nuestra galería. Mami hace una gran olla de sancocho con jugosos pedazos de puerco y de pollo y montañas de yuca y plátanos. Yo me siento en el suelo y pelo unas cien chinas, las naranjas más dulces de todas, para hacer jugo de naranja. Cuando termino estoy rodeada por una pirámide de cáscaras de naranja que se enroscan y se elevan hasta la altura de mi cuello.

Papi coloca sillas en la galería. Cualquier silla o incluso una tabla de madera, que pueda colocarse entre dos bloques de cemento sirve. Papi manda a Roberto al colmado para comprar botellas de ron Brugal y Coca-Colas. Entonces papi se baña en el río y vuelve con aspecto inmaculado, vistiendo camisa y pantalones limpios y con su oscuro pelo rizado peinado hacia atrás tan esmeradamente, que se pueden ver los dientes del peine en él.

Pero cuando la fiesta comienza, el pelo de papi vuelve a rizarse, cada uno apuntando en una dirección distinta, una rebelión de su primaria raza africana que triunfa sobre su sangre española.

A mí me encantaban estas fiestas y al mismo tiempo las odiaba. Me encantaban porque todo el mundo era feliz y me llamaban mi amor y cariño durante todo el día. Era como si los ángeles de Dios volaran bajo por encima de la isla. En los días de fiesta, la gente olvidaba los tejados con goteras, las fábricas que cerraban, o los turistas que no venían este año, y lo mucho que echaban de menos a maridos y a hermanos que trabajaban duro en Nueva York y que enviaban dinero a casa por la Western Union. En los días de fiesta, ¡no había problemas!

Y la razón por la que odiaba las fiestas era porque yo era la única persona de esta isla incapaz de bailar. Créeme, lo intentaba. A veces giraba en el sentido equivocado, a veces lo hacía demasiado deprisa y casi me caía, a veces giraba y no podía encontrar a mi pareja, que me buscaba en otra dirección.

En mis sueños yo bailaba como un hada, suavemente y del modo más bello del mundo, con vestidos que flotaban en torno a mis rodillas. Pero en nuestra galería yo era como un pez varado en la arena. Daba igual con cuánto interés saltara y me esforzara, no conseguía nada.

La parte peor era la gente que decía: «Tú no puedes ser la hija del señor Hernández; él baila como el viento. ¿Pero qué te pasa?».

En lugar de bailar, yo me escondía detrás de la mesa de madera, que crujía bajo el tremendo peso del sancocho de mami y de las ollas de nuestros vecinos repletas de arroz con pollo. Servía comida a cualquiera que se detuviera junto a la mesa, llenaba vasos de jugo y cambiaba los casetes de la radio. Acunaba a los niños en mi regazo y les cantaba canciones. Y miraba y miraba para ver si podía aprender el secreto del baile.

Miraba con toda la atención mientras papi colocaba un hibisco rojo detrás de la oreja de mami y la hacía dar vueltas y vueltas en la galería. Los pies de mami volaban entre las piernas de papi: parecía que nunca tocaban el suelo. Iban hacia afuera, hacia adentro, a la izquierda y a la derecha en giros incesantes, deslizándose como si tejieran una malla de luz de estrellas con polvo musical.

Papi se convertía en una persona completamente distinta. No era ya en absoluto el vozarrón en la silla de la galería, sino el ángel de la danza. Era la luna azul que destellaba en el cielo nocturno. Era un hombre risueño y apuesto, casi tan apuesto como Guario. Todo el mundo lo miraba como si no pudieran creer que el señor Hernández fuera humano y no una estrella caída del cielo que decidiera divertirse un poco antes de volver a subir. Era misterio y magia, y durante estas fiestas yo quería tanto a mi papi que podía ver lo que mami veía en él —un soñador, no un bebedor. Un bailarín, no un borracho.

Una noche, durante la fiesta, papi se detuvo en mitad de una canción y miró directamente hacia mí. Extendió una mano como un príncipe y dijo:

—Ven, muchacha, baila con tu papi.

Yo sacudí la cabeza, negándome. Mis mejillas ardían de vergüenza, y la vergüenza llenaba mi cuerpo haciéndome cosquillas en los dedos de los pies.

Papi me contempló durante algunos segundos más: probablemente yo era la única persona en el mundo que había rechazado bailar con él.

A la mañana siguiente, papi no se sentó en su silla de la galería después de desayunar. En lugar de ello se puso un par de pantalones limpios y me dijo:

—Ven aquí, Ana Rosa. Hoy vas a aprender a bailar.

—Papi, no me gusta bailar —dije, mientras lavaba los platos. Papi emitió una risa entrecortada y contestó:

—¡Pero oye eso, Dios mío! —se quejó, levantando la vista al techo galvanizado de nuestra casa—. No le gusta bailar.

Volvió a mirarme entonces y sentenció:

—Sólo los tontos no disfrutan de lo que Dios otorga tan generosamente.

Era la primera vez que papi me hablaba de esta manera. Normalmente me pedía que le trajera un vaso, un poco de hielo o un plato de comida; a veces, cuando estaba contento porque tenía dos copas en el cuerpo, se reía y tiraba de mi cola de caballo mientras yo pasaba.

Pero esta mañana todavía no había tomado ninguna copa y su aspecto era muy serio. Tan serio como el de Guario.

—Ponte los zapatos, Ana Rosa —insistió papi—. Vamos a bailar.

Al principio papi puso un merengue, pero decidió que era demasiado rápido. Entonces puso otros merengues más lentos, otros de compás más marcado, piezas divertidas. Ninguno funcionó. Mis caderas se desviaban cuando debían balancearse y las rodillas se me doblaban como las articulaciones de una marioneta. Nos trasladamos de la galería del frente a un patio lateral donde nadie podía vernos.

—Siente la música, Ana Rosa —dijo papi.

—No sé cómo, papi —gemí—. No es un árbol ni una flor; es como tratar de sentir el mar. Siempre se me escapa.

—Entonces escucha las palabras —insistió papi—. Tú amas las palabras; escúchalas y baila con ellas.

Parecía un buen consejo, pero me di cuenta inmediatamente de que las palabras no me ayudarían; era incapaz de bailar con las palabras del mismo modo que era incapaz de encontrar el ritmo que parecía calar en todo el mundo tan secretamente menos en mí.

Durante toda la mañana papi intentó enseñarme a bailar, pero cuanto más empeño ponía, más se enredaban mis pies con los suyos.

—Es inútil, papi —dije, al borde de las lágrimas.

—Date por vencido, papi —dijo Ángela que nos contemplaba desde la ventana de la cocina.

—Nunca —dijo papi—. Aprenderá. Lo único que tenemos que hacer es encontrar la forma de que sienta la música.

Entonces papi se paró en mitad del patio, yo tropecé y casi me caí.

—¿Qué pasa? —pregunté.

—Ana Rosa —susurró papi—, pero ¿te *gusta* la música?

La cara de papi me hubiera hecho reír si no me hubiera sentido tan mal.

—Sí, papi, sí —respondí—, adoro la música.

Los hombros de papi se relajaron mientras dejaba escapar un gran suspiro.

—Casi creo que no eres dominicana, cara —dijo con una sonrisa deslumbrante.

Le devolví la sonrisa.

—Está bien, vamos a tomar un descanso. Necesito pensar en esto —dijo.

Papi volvió a la galería y yo entré para ayudar a mami y a Ángela a limpiar el desorden de la fiesta.

Al día siguiente, cuando volví a casa de la escuela, papi me estaba esperando en la galería. Pero no tenía ni botella ni vaso en la mano. Y cuando me dijo hola no noté olor a ron.

—¿Qué pasa? —pregunté suspicazmente.

—Cámbiate de ropa, cara, y vámonos.

—¿A dónde? —pregunté.

—Ya verás —respondió papi. Me metí en la casa y mami me dio unos shorts, una camisa y mis zapatillas.

—¿Qué pasa, mami? —pregunté—. ¿Dónde me lleva papi?

Mami se limitó a sonreír y contestó:

—Ya verás.

Mami nos despidió agitando la mano desde la galería: papi y yo andábamos ya por el camino de tierra.

Las preguntas giraban en mi cabeza, pero yo sabía que en ocasiones, a pesar de todas las preguntas que puedas hacer, los adultos no van a contestarte. «Ya verás» son las palabras rituales para «es una sorpresa», y una de las cosas que no me explico es por qué creen que queremos ser sorprendidos todo el tiempo.

Papi y yo anduvimos el camino hasta que llegamos

a la playa de Sosúa. Me encantan las playas, y ésta era la más bella de todas las playas de nuestra isla. Está cerca de casa y la arena es de un blanco glorioso que te quema los pies al mediodía. El mar, muy azul, es tan claro que puedes ver perfectamente el fondo, incluso cuando el agua te llega a la altura del cuello.

—¿Vamos a la playa, papi? —pregunté.

Papi sonrió, asintió con la cabeza y respondió:

—¿Te encanta el mar, verdad? —respondió.

—Sí, papi, me gusta el mar más que ninguna otra cosa.

Papi, asintiendo, añadió:

—Es lo que pensé.

Yo no lo entendía, pero tan pronto como vi el agua y las olas, me sentí tan feliz como siempre.

Cuando llegamos al borde del agua papi se detuvo, se sacó los zapatos y dijo:

—Ahora, cariño, vamos a sentir la música del mar.

Me quité también las zapatillas y chapoteé en el agua.

—No, no vamos a meternos —dijo papi—. Ven aquí.

Me acerqué a papi y lo miré, confundida.

—Escucha el mar —dijo papi—. Cierra los ojos y escucha el mar.

Hice lo que me decía. Era fácil porque lo hago todo

el tiempo: adoro los sonidos del mar. Es como una or-
questa especial que toca una música propia.

—¿Oyes la música, Ana Rosa? —preguntó papi.

Asentí con la cabeza: ningún problema en absoluto.

Escuché el retumbar de las olas que rompían contra
las rocas, y escuché el susurro de las olas que se desliza-
ban sobre la arena, y el silbido del viento volando sobre
el agua.

Papi, entonces, tomando mis manos entre las suyas,
dijo:

—Ahora cierra los ojos y bailemos.

Al principio me sentí rara bailando con mi papi en
la playa. Pero según escuchaba el mar comencé a sentir
la música en mis pies y en mi corazón y en torno mío.

—¡Papi, estoy bailando! —quería gritar mientras
papi me hacía girar en la arena. Mis manos se separaron
de las suyas y giré y giré y entonces mis manos volvieron con suavidad a las de papi. Los dedos de mis pies
salían y entraban en la arena, iban a la izquierda, a la
derecha y alrededor. Yo era un globo que finalmente se
había liberado de su cuerda.

La música del mar continuó y continuó y papi y yo
danzamos hasta que el sol se sumergió grande y naranja
en el borde del océano.

Al final de nuestro baile, los vendedores de la playa que estaban recogiendo para retirarse se detuvieron y aplaudieron.

Papi, tomándome de la mano, hizo una reverencia. Yo no podía dejar de reírme mientras volvíamos andando a casa. "¡Puedo bailar!" quería gritarles a todos los que nos cruzábamos.

Cuando llegamos a casa, mami estaba esperando en la galería con dos vasos de jugo de lima.

Papi le hizo un guiño: el rostro de mami enrojeció y yo me reí. Entonces papi conectó la radio y extendió su mano hacia mí.

Comenzamos a bailar, y yo empecé a sentir lentamente que el merengue se introducía en mis huesos dominicanos exactamente del modo en que se suponía que debía hacerlo. Mami, sentada en la galería, nos miraba siguiendo el ritmo de la música con los pies.

Papi y yo bailamos mientras la redonda luna llenaba el cielo de luz. En ese momento, mi papi era todo lo que yo siempre había querido que fuera.

EL AMIGO
DE MI HERMANO

Atravieso corriendo la cocina
salto sobre el mostrador
me raspo las rodillas
con el filo
me araño los brazos
desgarro mi vestido
sujeto mi corazón que late tan alto
fuerzo mis ojos para ver bien
al mejor amigo de mi hermano
que llega conduciendo.

Lleva baja la gorra de pelota
sus ojos quedan en la sombra
su brazo moreno descansa perfecto
sobre la puerta del auto.

Atravieso corriendo el cuarto
salto sobre sillas y perros,
me golpeo el codo
me doy en el pie

y por fin llego a la galería
aquí está
el amigo de mi hermano
apoyado en su carro.

Le sonrío.
Digo su nombre.
Agitando la mano
lo invito a que entre.
Pero todo lo que dice
sin mirarme siquiera es:
"oye, chica, ¿dónde está tu hermano?"

SI HABÍA ALGO QUE ME DISTRAJERA DE ESCRIBIR poemas e historias todos los días era Ángel Rodríguez, el mejor amigo de mi hermano.

Ángel había sido parte de nuestra familia, sentándose a la mesa todos los domingos para almorzar, desde que Guario había empezado a trabajar con él en el Café de Rocco dos años antes.

Un día vi a Ángel al otro lado de la mesa y vi algo más que el mejor amigo de Guario. De repente no pude dejar de pensar en él. Mi mente, que había sido una reserva de palabras y de ideas, estaba ahora llena con imágenes de Ángel. Mis oscuros ojos le seguían como un sedal de hollín caliente donde quiera que fuera.

Supe que me había enamorado de Ángel porque simplemente pensar en él me mareaba. Era el mareo de querer algo que jamás podría tener. Como los libros, adorablemente repletos de palabras, que nunca podría leer. Los propietarios de las librerías miraban mi desteñido uniforme escolar y apretaban los labios con fuerza mientras meneaban sus cabezas. Puedes manchar las páginas, decían. Así que me quedaba allí con las manos detrás de mi espalda para no ser tentada, mirando de hito en hito los libros que no podía abrir.

Y así era con Ángel. Contemplaba su rostro sonriente, sus suaves músculos, su piel canela, y dejaba mis pensamientos a la espalda.

Ángel y Guario eran los mejores amigos, pero tan opuestos como las estrellas de una galaxia. Siempre que Ángel venía a casa se reía a carcajadas, y tomando la mano de mami la llevaba bailando por toda la habitación.

—Hola, mi amor —coqueteaba.

Le daba palmadas a papi en el hombro y bebía un trago de su ron directamente de la botella. Se acercaba a Ángela y le susurraba cosas en el oído que la hacían reír y taparse la boca con la mano.

—¡Eres muy malo, Ángel! —decía mi hermana sofocando la risa a duras penas.

En cuanto a mí, Ángel me guiñaba un ojo al pasar y me quitaba el pelo de la cara, inclinándose a veces para besarme en la mejilla. Yo temblaba irreprimiblemente como si un vendaval me atravesara el corazón.

—Mi pequeña estrella —me llamaba Ángel.

El resto del día todos nos sonreíamos y nos decíamos cosas que nunca nos decíamos el resto de la semana. Una vez oí que mami le decía a papi:

—Ese chico tiene un nombre perfecto. Verdaderamente trae el cielo con él.

Algunas semanas no podía esperar a que llegara el domingo, así que dejaba mi árbol gri gri después de la escuela, y gritaba a las ventanas abiertas:

—¡Mami, voy a dar un paseo!

Iba dando una vuelta hasta el Café de Rocco en la playa, me sentaba en un duro muro de piedra y miraba cómo Guario y Ángel bailaban su danza de camareros alrededor de las bellas turistas. Contemplaba cómo las muchachas hacían sus pedidos en voz baja haciendo que Ángel se inclinara sobre ellas, con su oído muy cerca de los labios rojo hibisco. Sonrisas y guiños rápidos iban y venían como en un partido de voleibol.

No me importaba ver estas cosas porque nunca me atreví a pensar en que Ángel podría ser mío, hasta la noche de la gran fiesta navideña de Rocco. Todas las Nochebuenas, Rocco daba una gran fiesta en el patio de su restaurante e invitaba a todo el mundo, incluso a las familias de los camareros. Rocco asaba un lechón sobre las brasas ardientes en la playa y los invitados decían que era el mejor lechón asado del mundo. A los niños se les reservaba las primeras bandejas de chicharrones, la crujiente piel del animal, y ése era el mejor regalo de Navidad.

Se empezaba a cantar cuando las estrellas de la medianoche estaban altas en el cielo. Se retiraban entonces las sillas y se bailaba hasta la llegada del día de Navidad, risueño y brillante sobre las verdes colinas. Como papi me había enseñado a bailar, decidí que ésta iba a ser la mejor fiesta de todas: finalmente dejaría de quedarme sentada al margen dedicándome a mirar cómo bailaba todo el mundo. Le demostraría a Ángel que no era simplemente la hermana pequeña de Guario. Era Ana Rosa, una chica que podía bailar y soñar.

Mami dijo que se quedaría en casa:

—Tengo que adobar y asar el lechón.

Pero todos conocíamos a papi. Tan pronto como terminara de asar la pierna tomaría a mami del brazo y la llevaría a la fiesta de Rocco para bailar un par de merengues bajo la luna de Navidad. Eso sí, siempre y cuando no hubiera bebido más de una botella de ron y cayera dormido bajo la luz de la galería.

Ángela iba, y empezó a prepararse para la ocasión exactamente una semana antes. Me pidió incluso una página de mi cuaderno para anotar todas las cosas que tenía que hacer. Cada día tachaba algo nuevo:

—Me he pintado las uñas, me he depilado las piernas y le he subido el ruedo a mi vestido —y así sucesivamente.

Nunca había visto a Ángela tan preocupada por algo y empecé a preguntarme cuáles eran sus verdaderos planes. Sin embargo yo también estaba muy ocupada intentando lucir lo mejor posible. ¡Ángel tenía que ver que era más que la hermanita de Guario, vaya que sí!

Finalmente llegó el día de la fiesta. Mami me había hecho un precioso vestido aprovechando dos viejas prendas de Ángela. Tenía una larga saya verde oscuro que cuando giraba ondulaba a mi alrededor como las olas de un estanque. La blusa blanca llevaba un encaje que me recordaba las delicadas telas de araña de mi árbol gri gri. Mami peinó mi largo cabello castaño en tirabuzones que caían a lo largo de mi espalda. Cuando caminaba, se movían de un lado a otro como un reloj que desgranara minutos. Pero no tenía calzado de vestir: sólo los gruesos zapatos marrones que llevaba a la escuela y a la iglesia o las zapatillas de goma con las que iba a los demás sitios.

Mami intentó rellenar las puntas de unos viejos zapatos de vestir de Ángela, pero no funcionó. Tan pronto como daba un paso, se me salían.

Finalmente decidí que llevaría mis zapatillas y cuando llegara a la fiesta me las quitaría e iría descalza.

—Es lo que hacen las turistas —le dije a mami—. Nunca llevan zapatos.

Con una mirada de preocupación en el rostro, mami le preguntó a Guario si eso era cierto. Guario dijo que sí y mami me dio su aprobación.

Guario silbó suavemente cuando me vio y me dio una vuelta diciendo:

—Cariño, esta noche me vas a romper el corazón.

El aspecto de Guario hacía pensar que él rompería unos cuantos corazones también. Llevaba los pantalones negros de camarero, pero en lugar de la camiseta blanca que habitualmente vestía, se había puesto una camisa blanca de manga larga y corbata roja. Con su espeso pelo negro peinado hacia atrás era un joven apuesto, deslumbrante.

—Todo lo que necesitas es una máscara negra y te podría llamar Zorro —bromeé.

Fue entonces cuando apareció Ángela. No había palabras esa noche para describir lo hermosa que estaba mi hermana. Los cabellos de Ángela se apilaban sobre su cabeza con rizos que caían como lenta miel hasta sus hombros. Se había hecho un vestido con una tela preciosa que mami había sacado de una vieja maleta, y que llevaba guardada allí, para su hija mayor, desde el nacimiento de Ángela.

El vestido era como una columna de marfil con hilos de oro entrelazados: cuando Ángela caminaba relucía como el ángel navideño que coronaba el árbol del Café de Rocco. La saya de Ángela no ondulaba: era simplemente Ángela y su elegante y perfecto vestido y yo jamás había visto alguien tan adorable. Cuando Guario la tomó de la mano su rostro mostraba estupefacción. Papi se frotaba los ojos incesantemente como si estuviera viendo un espejismo.

—Eres igualita que tu mami cuando la conocí —dijo.

—Pero, papi, si yo llevaba la ropa de trabajo —contestó mami.

—Pero así fue como me pareciste —replicó papi.

Mami y papi se quedaron de pie en la galería, abrazados. Roberto decidió esperar y acercarse más tarde con ellos, con lo que Guario nos acompañó a Ángela y a mí a la fiesta.

Vimos las luces navideñas que parpadeaban en el Café de Rocco mucho antes de que llegáramos. El aire de la noche era tibio y llevaba fragancias de sal, flores y emoción.

Vi a Ángel tan pronto entramos. Mi corazón redoblaba el ritmo del merengue que se filtraba entre las conversaciones y las risas.

«Oh, Dios mío», susurré para mí misma. Ángel llevaba la misma ropa que Guario, pero en él la camisa blanca era como las alas de un ángel y su sonrisa exactamente el cielo. Mami tenía razón después de todo.

Dejé mis zapatillas bajo el borde de una gran jardinera de flores y me quedé de pie, silenciosa, esperando a que Ángel reparara en mí, que viera mi vestido verde de sirena, que acercara su oído a mis rizos de modo que yo pudiera decirle en un susurro "Feliz Navidad", pero Ángel no me miró salvo para sonreír rápidamente y decir: "Hola, pequeña estrella", lo mismo que siempre, lo mismo que me decía los domingos cuando yo llevaba shorts y camiseta y las rodillas sucias y dos largas trenzas.

Los ojos negros de Ángel, con sus largas pestañas, se detuvieron como mariposas sobre mi hermana y eso fue todo: allí se quedaron el resto de la noche. Ángel y Ángela, dos hermosos ángeles, se habían hecho uno.

Me alejé sobre mis pies descalzos con mi vestido verde río ondulando tras de mí, y los tirabuzones moviéndose de un lado a otro con un ritmo de profunda tristeza.

—Oye, Cenicienta, ¿quieres bailar?

Guario estaba de pie frente a mí, con la mano extendida.

—No —dije mientras meneaba la cabeza, y mis tirabuzones y todo lo que estaba en mí lo dijo también—. No, gracias.

Me levanté para dar una vuelta y me fui a ver las bandejas de comida colocadas sobre los manteles rojo brillante de las mesas. Una mujer sonriente y agradable me extendió un plato de arroz con dulce y yo intenté devolverle la sonrisa. Me llevé a la boca una cucharada del rico pudín de arroz dulce, pero incluso esta delicia se me quedaba en la boca como si fuera cemento.

Vi el gran lechón que se asaba cerca del patio. Las luces eran tan brillantes que no podía divisar las estrellas.

Me acerqué andando al muro de piedra y me senté sobre él balanceando mis piernas desnudas. Vi a Ángel bailar con Ángela bajo las luces de Navidad. Se veía alto y fuerte mientras ceñía la cintura de mi hermana y susurraba a su oído. Vi cómo mi hermana levantaba los ojos hacia él: si hubieran sido los míos habrían estado llenos de luz de luna y de canciones. Esto no era como mirar libros que no podía tocar: esto era muchísimo peor. Ni los libros, ni las palabras, ni los poemas, ni los cuentos, nada podía hacerme sentir lo que sentía entonces. Era como si hubiera tragado un gran buche de agua de mar y no pudiera respirar.

«Oh, Dios mío», susurré, «mis sueños no han debido de ser buenos si me siento así».

Estaba todavía sentada en el muro cuando se me acercó Guario y me ofreció un vaso de Coca-Cola fría. Luego apoyó los codos contra la pared y miramos juntos la escena del patio del Café de Rocco.

—Todo el mundo lo quiere, no te sientas mal —dijo Guario.

—No me siento mal —repliqué tragando la fría bebida. No me interesaba preguntarle a Guario cómo se había dado cuenta.

—¿Por qué te sientas aquí a mirarlo si te duele de ese modo? —susurró.

Me quedé muy quieta, sintiendo que las palabras de Guario me tocaban como lluvia fría.

—¿Cómo sabes que me duele? —pregunté.

Guario me miró y dijo:

—No necesito palabras para saberlo todo.

—¿Alguien más se ha dado cuenta? —pregunté temerosa.

—Ángel no —respondió—. Y eso es lo que realmente quieres saber, ¿verdad?

Asentí con la cabeza.

—Así que te sientas aquí y lo miras pase lo que pase, ¿no? —preguntó Guario.

—Sí —asentí—. No puedo evitarlo.

Guario meneó la cabeza, soltó una breve risa y dijo:

—Eso es lo que dice todo el mundo. Pensé que tú lo explicarías mejor.

Me encogí de hombros y las mangas de mi vestidorío se me bajaron. Las coloqué en su sitio de un tirón.

—¿Te has enamorado alguna vez? —pregunté.

—No tengo tiempo para eso —respondió mi hermano rápidamente.

Sus palabras resbalaron por mi espalda como hielo.

—Sí, sí lo tienes —respondí.

Guario no dijo nada. Se limitó a volver la cabeza y a mirar al mar.

—Tampoco necesito las palabras para saberlo todo —dije suavemente, poniendo mi mano sobre la suya.

Guario y yo nos quedamos cerca del muro, yo mirando como Ángel repartía su alegría por todo el Café de Roco y Guario mirando el mar.

Yo sabía que en algún lugar había una chica que mi hermano mayor amaba. Y aunque jamás él lo admitiría, supe que yo era la razón por la que él no se había ido a Canadá, Alemania o Nueva York con esa chica, a vivir su futuro.

—Quizá tus sueños también estén equivocados —dije por fin—. Quedarte aquí con nosotros, quiero decir.

—Nunca —respondió y me apretó la mano—. Te tengo a ti ¿recuerdas?

Y ésas fueron las palabras que devolvieron mi corazón roto a su sitio, por lo menos durante un momento.

Lo justo para sonreírle a mi hermano mayor. En sus ojos vi el reflejo de las luces de Navidad, y me pregunté lo que mostrarían si no fuera por las brillantes luces, algo que Guario no quería dejar ver a nadie.

Fui yo la que sugirió que volviéramos a la fiesta, pero no pude ni cantar ni bailar esa noche. Me limité a quedarme junto a la jardinera de flores rojas y esperar pacientemente a que llegara el día de Navidad sobre las verdes colinas. Por el rabillo del ojo podía ver a Ángel y a Ángela. Para dejar de pensar en ello y que el pecho no me doliera tanto, me dediqué a pensar en mi hermano Guario y en la búsqueda de su futuro.

Lo que no sabía era que mi propio futuro se acercaba al galope como un caballo desbocado, y que venía acompañado de un montón de preguntas que sólo yo podía responder.

UN DOMINGO

Un domingo soplaba una tormenta
con olas verde oro
tocando el cielo,
y doblando los cocoteros, haciéndolos
bailar con nubes fantasmas
que susurraban mentiras.

Y la lluvia, fuerte y blanca
pintaba palabras en la arena
que cambiaron mi vida.
Ni estrellas, ni luna,
ni canciones, ni cuentos
para hallarme y esconderme
ni hermanos ni hermana
ni mami ni papi
para abrazarme y calmarme.

La lluvia de palabras cae en túneles
dejando oscuros agujeros de verdad
sobre quién soy yo.
¿Quién soy?
Recuérdenme por favor,
antes de que la tormenta decida.

EL DOMINGO ERA MI DÍA FAVORITO Y EL DÍA QUE
más temía. Desde que tenía cinco años sabía
que los domingos íbamos a la playa. Sabía también que los domingos papi iba también a emborracharse, iba a emborracharse enormemente, pasara lo que pasara.

Digamos que se trataba de una celebración de fin de semana; puede que papi y sus amigos lo vieran así. El domingo quedaba reservado exclusivamente para beber, y comenzaban a las nueve de la mañana.

Se sentaban en la galería con sus camisetas sin mangas y sus gruesos brazos morenos colgando por encima del respaldo de las sillas. En el centro de la galería había una mesa coja repleta de botellas de oro líquido que resplandecían a la luz del sol.

Yo me sentaba en las ramas más altas de mi árbol gri gri después de la iglesia esperando a que mami nos llevara a Roberto, a Ángela y a mí a la playa. Empacábamos nuestros recipientes de plástico con pollo, salsa y plátanos hervidos y caminábamos hasta la playa. Mientras mami se sentaba a la sombra de un almendro, Roberto, Ángela y yo nadábamos y saltábamos las olas azules. A veces jugábamos al "yo la tengo" en la playa si encontrábamos una pelota abandonada que unos turistas hubieran dejado olvidada.

Por la tarde venían a la playa nuestros amigos de la escuela con sus familiares y yo jugaba con ellos: hacíamos carreras y veíamos quién podía saltar más alto para tocar las ramas de los almendros.

El domingo era absolutamente el mejor día de la semana. Mami sonreía mucho y Ángela se molestaba en enseñarme cosas bajo el brillante sol, como, por ejemplo, a trenzar mi cabello húmedo y arenoso. Pero, a pesar de lo maravilloso que eran los domingos, yo los vivía aterrorizada. Porque algunos domingos, demasiados en realidad, papi podía decidir caminar hasta la playa para reunirse con nosotros.

Cuando papi llegaba a Sosúa, casi no podía andar. Iba tambaleándose de un sitio para otro, tropezando con las toallas y las cestas de mis compañeros. Caía sobre mí y, abrazándome muy fuerte, decía:

—¿Cuánto quieres a tu papi?

Siempre me sorprendía que el sol no se escondiera detrás de una nube o algo así para avisarme de lo que se me venía encima, pero lucía tan brillante como siempre, mientras yo intentaba que papi y yo no rodáramos por la arena.

Finalmente aparecía Roberto, que llevaba a papi hasta el almendro y lo ayudaba a sentarse al lado de mami. Ella nunca decía una palabra, ni a él ni a nosotros. Se limitaba a mirar el mar con una expresión en su rostro que me hacía pensar que no estaba allí.

Desde su sitio junto a mami, papi nos gritaba, exigiéndonos que le lleváramos Coca-Cola y ron. Fortificado por la bebida, sacudía a mami sujetándola por los hombros y preguntándole:

—¿Qué pasa, mi amor?

Según transcurrían los años, los domingos se hacían peores porque papi gritaba cada vez más alto y de peor humor:

—¿Qué pasa, mi amor?

Mami nunca contestaba. Como si quisiera ponerla en evidencia, papi me hacía sentar junto a él y me preguntaba una y otra vez:

—Soy tu papi, ¿no?

—Claro que sí —respondía yo—, por supuesto que sí.

E intentaba apartar la cara de su terrible aliento.

Pero eso no bastaba y papi me preguntaba una y otra vez. Yo respondía de inmediato todas las veces, esperando que no se pusiera a dar voces o que repitiera lo que hizo una vez, cuando me arrastró de un lado a otro de la playa gritando:

—¡Ésta es mi hija! ¡Mi hija!

Unos meses después de que hubiera cumplido doce años; de que finalmente hubiera aprendido a bailar y a trenzar mi cabello perfectamente y a escribir historias que estaba orgullosa de leer en voz alta, averigüé algo que cambiaría para siempre mis domingos.

Volvía a casa desde la escuela un día cuando vi a un hombre vestido de blanco de pies a cabeza, a lomos de una mula ensillada con una silla de auténtico cuero; éste era un gran jefe, estaba claro.

El hombre me miró de arriba abajo.

—Eres Ana Rosa, ¿sí? —preguntó.

Asentí con la cabeza. Antes de que pudiera preguntarle quién era él se inclinó y me dio un billete de cinco pesos. Examiné asombrada el papel rojo. ¡Tantísimo dinero! Entonces, mientras lo miraba, me dijo:

—Cómprate algo bonito, cualquier cosa que te guste. Y llévale a tu mami su bizcocho favorito, el amarillo y negro.

Yo estaba tan sorprendida que todo lo que pude decir fue:

—Gracias, señor.

Ni siquiera sabía que mami tuviera un bizcocho favorito. Me quedé de pie en el camino contemplando cómo se alejaba a lomos de la corpulenta mula. Entonces corrí al colmado del señor García y le pedí mis amados dulces, un puñado de chicles y el bizcocho amarillo y negro de mami. Corrí a casa para enseñarle las golosinas a mami.

Cuando vio los dulces que saqué de la bolsa, los ojos de mami se abrieron como platos. Entonces al poner el bizcocho sobre la mesa y decir, «tu favorito», me agarró con fuerza de los hombros.

—¿De dónde has sacado todo esto? —su voz quemaba en mis oídos como fuego.

Me empezaron a temblar las rodillas. Antes de que pudiera explicar lo que había pasado, mami me arrastró a través de la habitación y me sacó de la casa.

—Vamos a ir al colmado ahora mismo a averiguar quién ha pagado todo esto —dijo—. Ana Rosa, juro que si me entero de que le has quitado dinero a alguien...

—¡No lo he robado! —grité caminado lo más rápido que podía junto a ella.

Mientras andábamos, le conté lo del hombre a lomos de la mula. Cuanto más le contaba más se transformaba su rostro en una máscara iracunda. Me daba miedo mirar a mi mami porque había dejado de parecer ella. Ni dulces sonrisas ni palabras suaves. Mi mami se había salido de sí misma y me parecía una extraña. Era una estrella que había explotado cerca de la Tierra y arrasaba todo cuanto tocaba.

Cuando llegamos al colmado, mami le habló tan deprisa al señor García que no pude entender casi nada. Durante cinco minutos las palabras me llevaron a sitios que no podía alcanzar, así que dejé de intentar convertirlas en algo comprensible.

Después de un rato, mami me cogió de la mano y volvimos a casa. Yo sabía, no por nada de lo que había oído, sino por lo que podía sentir, que nuestras vidas habían cambiado.

Antes de que llegáramos a casa oí el silbido de papi. Era el día de cobro de Guario y estábamos preparando otra pequeña fiesta; papi llevaba sillas a la galería. Cuando

nos oyó acercarnos se dio la vuelta, pero tan pronto
como vio el rostro de mami, se detuvo. Se quedó tan
quieto como las hojas antes de una tormenta.

Entonces, en un segundo, vi al magnífico bailarín
que era mi papi convertirse en un viejo torpe. Su mano
tanteó ciegamente detrás de él en busca de una silla.
Con un gran suspiro papi se sentó y nos miró con dos
ojos que parecían dos agujeros negros. De repente, tuve
mucho miedo.

—¿Qué pasa, mami? ¿papi? —pregunté en voz baja.

Escuché mientras mami hablaba muy despacio y
muy claro, contándole a papi lo del hombre de la mula.
Y que ese hombre era mi padre. Y cómo me había dado
dinero y se había alejado cabalgando.

—Pero yo tengo un padre —dije cuando mami
hubo acabado—. ¿No es así, papi?

Papi inclinó la cabeza y contempló la botella de ron.

Mami se limpió las manos en el vestido y se sentó
en la galería. Yo jamás había visto a mami sentada en la
galería durante el día, jamás en mi vida. Así fue como
supe que la cosa era seria y que el hombre al que yo llamaba papi no era mi papi. Lo miré —mi bailarín sonriente, mi papi bebedor—, el hombre que me había
enseñado a bailar y que me avergonzaba sin falta los do-

mingos. El hombre que insistía en que yo era su hija...
¿pero qué decía mami?

¿Cómo podía ser mi padre ese hombre vestido de
blanco que se sentaba sobre una mula aparejada con
una elegante silla de cuero? Mami siguió hablando, y
con mi confusión como fondo, oí que me contaba de
un domingo hace mucho, un domingo en el que papi
se alejó durante días bebiéndose todos los pesos que
había para la comida. Ella no tenía nada que dar ni a
Guario ni a Roberto ni a Ángela.

¿Pero qué decía mami? ¿Que el hombre de la mula le
dio dinero? ¿Que le compró comida? ¿Y que por eso se
convirtió en mi padre? En lo profundo de mi corazón
sabía que todo esto no tenía el menor sentido. Pero en
mis entrañas, en el fondo mismo de mi confusión, estaba el miedo de que mami estuviera diciendo la verdad.

Me levanté y corrí dejando a mi mami y a mi no-
papi en la galería. Bajé hasta la playa, el único sitio en
el mundo en el que podía estar. Dejé atrás a mis amigos
que jugaban en la orilla dando patadas a las olas y su-
biéndose a los árboles como ranas.

Los dejé atrás silenciosamente.

—¿A dónde vas, Ana Rosa? —me preguntaron a
gritos.

Recorrí la playa buscando un lugar silencioso, pero el sonido del viento y de las olas lo hacía imposible.

No había silencio, sino un estrépito como si se hubieran abierto mil ventanas y pudieras oír las voces de todos los vecinos.

Las preguntas se arremolinaban en mi cabeza mareándome. Si papi no era mi padre... ¿tenía aún una familia? Y Guario... ¿todavía era mi hermano? Sentí un agudo dolor en un costado y crucé los brazos sobre la cintura, doblándome hacia delante con el increíble sentimiento de pérdida de que Guario podría no ser mi hermano.

—¡Pero lo es, lo es! —grité al cielo.

Cerré los ojos que me picaban por el sol y me senté en la arena. Cuando el sol hubo llenado toda mi piel con su calor, me levanté y me introduje en el agua, con los brazos extendidos a los lados. Era tan clara que podía ver mi sombra en ella: yo era una cruz oscura sobre la superficie. La hermosa agua limpia se abrió y yo me deslicé en su interior, dejando que su frescura me colmara.

Jamás sería de nuevo la misma Ana Rosa Hernández.

Cuando finalmente salí en busca de aire, me tumbé sobre la espalda y me dejé flotar, mirando el lejano cielo y escuchando la música del mar en mis oídos.

Deseé quedarme allí para siempre, rodeada por encima y por debajo de lo azul del cielo y del mar. Un lugar donde no existen las palabras. Nada, salvo un círculo de oscuridad que se extendía dentro de mí.

Floté durante un rato, mirando al cielo. Entonces, de muy lejos, oí susurros. Era una cancioncilla que yo solía cantarle a mi madre.

> *Del cielo cayó una rosa*
> *pero no se deshojó.*
> *Mi madre me quiere*
> *mucho*
> *pero más la quiero yo.*

Cerré los ojos a todo ese azul que me rodeaba y pensé en mi madre, mi mami, mi amiga del día de lavar la ropa, mi fuerza que jamás cedía, la que creía que "tú escribirás historias, cariño". Desde algún lugar dentro de mí misma supe que mami me necesitaba, y que ella, como yo, tenía un montón de palabras y preguntas que luchaban en su interior. Y que si no estábamos juntas, una noche oscura esas mismas preguntas nos comerían y escupirían nuestros huesos en la arena.

Pero yo era escritora, ¿no? Amaba las palabras. Para

mí, papi era todavía mi papi y las palabras no tenían que convertirse en el enemigo que destruyera a mi familia. Yo tenía poder sobre ellas, podía transformarlas en cualquier cosa que quisiera. No mentiras, no historias tristes, sino lo opuesto. Podía volver a escribirlo todo para hacer que los ojos de domingo de mi no-papi desaparecieran y quizá para traernos de vuelta la expresión absorta de mami los domingos... para traérsela de vuelta a papi.

La palabras de una chica, pensé, ¿pueden ser tan poderosas? Era tiempo de averiguarlo. Escribiría un poema, decidí, y se lo daría a mami y a papi y ellos sabrían que las palabras son todo y nada al mismo tiempo. Porque el hombre que bebe ron en la galería es mi papi, me guste o no: ¡es mi papi y el hombre de la mula es una historia!

⌒

LOS COLORES DEL PODER

Es año de elecciones.
Rugen los altavoces.
Los colores de los candidatos
están pintados por doquier.
Púrpura para uno, rojo para otro.
Blanco para el hombre que aclama mi madre.

Los colores del poder pintados en las rocas,
en las farolas, en los árboles y en los camiones que pasan.
Sones de merengue, globos de fiesta,
dulces promesas, sonrisas y lunas de plata.
Todo es un espectáculo de nítidos colores
y nuestras esperanzas hoy son mucho mayores.

¡Pero cuídate de ellos, yo te lo advierto!
De estos colores del poder.

Temí que nuestra familia no volviera a ser la misma después de saber del hombre de la mula. Pero no tuve que preocuparme durante mucho tiempo. Al principio hubo mucho silencio entre mami y papi e incluso entre Ángela y mami, pero nadie me trató de modo distinto. Guario me dio incluso un tirón suave de mi cola de caballo y me dijo que nada de tener ideas raras en la cabeza, porque "eres la misma Ana Rosa de siempre", me aseguró.

Roberto, que lo había oído, dijo:

—Nunca se puso en duda, mi hermano.

Eso me hizo sonreír mucho y cuando mami cogió el poema que había escrito sobre papi y lo pegó a la nevera, vi que papi, mami y Ángela lo leían muchas veces durante el día y se sonreían una y otra vez. Pero lo que realmente rompió el silencio y sacó al hombre de la mula de la mente de todos fue la noticia de que el Gobierno quería comprar nuestra tierra.

La gente que vivía en el pueblo había vivido allí tanto tiempo que no podía recordar quién había construido la primera casa o dónde llegaban los lindes de las propiedades de uno y dónde empezaban los de otro. Éste era el fondo de la cuestión: vivíamos codo con codo, vecinos, amigos, compartiéndolo todo. Nadie iba a prestar atención a ningún político que hablara de dividir nuestra tierra.

—¡Inversionistas extranjeros! ¡Dinero para la isla! ¡Mejoras! ¡Progreso!

Todo esto lo profería con ayuda de un micrófono un hombre que, desde el estradillo prefabricado en la parte de atrás de una camioneta, gritaba sus propuestas como si cantara los números de la lotería.

Después de oír las primeras palabras, los niños volvieron a jugar y a alimentar las gallinas que rodeaban la camioneta negra. Por mi parte me subí bien alto a mi árbol gri gri para mirarlo todo por si pasaba algo interesante.

No pasó nada interesante. Pero después, por la noche, me senté a la mesa de la cocina a escuchar mientras papi le contaba a Guario lo que el hombre había dicho. Papi golpeaba la mesa con su vaso de Coca-Cola y ron, mientras mami movía la cabeza de un lado a otro y murmuraba "Dios mío" muy bajito, así que supe que algo malo sucedía.

Pero Guario, que no parecía preocupado, afirmó lentamente:

—No pueden hacernos abandonar nuestras casas —como si les estuviera explicando el abecé a papi y a mami—. Todos los de aquí, todas nuestras familias, han vivido en esta tierra durante más años de los que hacen falta para convertirse en sus propietarios. Esta tierra es nuestra. No pueden venderla a menos que se lo permitamos. ¡¡Es la ley!!

Guario estaba tan seguro de esto que, cuando unas horas después, los vecinos se reunieron en nuestra galería para hablar del asunto, lo nombraron portavoz oficial.

—Guario, tú hablas con ese loco y le dices que no queremos vender —dijo papi.

—Bueno —interrumpió mami—, algunos quizá quieran vender; no lo sabemos.

Entonces habló el señor García:

—Estoy seguro de que si alguien quiere comprar quiere comprarlo todo, no un trozo aquí y otro allí.

Se acordó que el pueblo entero anunciaría que no nos interesaba vender.

Guario se reunió pues con el funcionario del Gobierno, el señor Moreno. Nos contó que el señor Moreno había meneado la cabeza durante toda la conversación y que al final le había dicho que tenía asuntos más importantes que atender.

—¿Y eso qué significa? —quiso saber papi.

Guario se encogió de hombros, pero había un ceño de preocupación en su rostro.

Durante las semanas siguientes nos olvidamos del señor Moreno y nos dedicamos a nuestros asuntos. Era año de elecciones y los adultos estaban muy ocupados haciendo carteles y organizando "charlas", y los adolescentes iban de un sitio para otro con latas de pintura, pintando los colores de sus candidatos favoritos sobre cualquier superficie que pudiera ser pintada.

Muy pronto, todo Sosúa y mi pueblo se convirtieron en un estallido de púrpuras, rojos y blancos en rocas, cercas, palmeras y muros. No quedó nada a salvo de los pintores, de quienes se dijo que habían recibido innumerables latas de pintura de funcionarios del Gobierno.

La gente empezó también a usar consignas y señales con las manos para identificar a cada uno de los candidatos, de modo que en las calles se hacían unos a otros estas señales, y había siempre un coro de vivas.

Por mi parte tengo que decir que no le prestaba demasiada atención a todo esto. Iba a la escuela, ayudaba a mami y a Ángela en casa, y escribía en los cuadernos que Guario me había dado. Además, estaba cerca de librarme de mi anhelo por Ángel y de aceptar la idea de Ángela y Ángel como novios.

El hecho es que yo también tenía asuntos más importantes en los que pensar. Estaba muy ocupada siendo todo lo yo que me era posible, dadas las recientes noticias según las cuales yo era otra diferente. Y, lo que era más importante, pronto cumpliría trece años y sabía que Guario, mami, papi e incluso Roberto y Ángela estaban planeando una sorpresa especial.

—¿Qué es? —les suplicaba todo el tiempo.

Pero ellos contestaban:

—Espérate, cariño, ya lo verás.

No me atrevía a esperar nada, y la verdad es que cualquier cosa hubiera sido estupenda porque nunca antes había tenido una sorpresa de cumpleaños. Nunca había dinero para regalos, al menos no para los regalos convencionales que se envuelven en papel y se adornan con lazos.

En lugar de ello, papi te hacía una escultura de arena tan perfecta que querías que el mar no la destruyera nunca, o mami horneaba un bizcocho especial con mucho merengue, o teníamos un día en el que hacíamos cualquier cosa que quisiéramos, como quedarnos en la playa hasta que salieran las estrellas, que era casi siempre lo que yo elegía.

Empecé a prepararme para mi nuevo año escribiendo en mi cuaderno todas las cosas que había aprendido mientras tuve doce y todas las cosas que quería conseguir durante los trece. Escribí cómo ahora sabía bailar salsa y merengue y escribir poemas e historias para leer en voz alta, y cómo mi papi era incluso más especial que antes.

Luego escribí cuánto quería aprender a hacer *windsurf* como Roberto y los chicos en la playa Cabarete. También quería aprender más inglés y escribir más poemas y más historias. Y lo que más quería era ayudar a Guario a encontrar su futuro.

Esto era lo más duro, pero siempre lo tenía en la mente. Una vez le pregunté a Guario qué quería decir "un futuro" y me respondió:

—Es algo especial qué tú haces con tu vida.

Hubiera querido decirle a Guario que ya hacía algo especial con su vida siendo mi hermano, pero pensé que quizá eso no contara.

Muy dentro de mí estaba convencida de que Guario sentía que su vida debía poder compararse con la del gran jefe taíno en cuyo honor había sido nombrado: Guarocuya. Desde que yo era muy pequeña le había oído a mami contarnos la historia de Guarocuya, que había desafiado a los conquistadores españoles y que los había vencido batalla tras batalla, disfrazándose de roca, de árbol y de río, hasta que por fin los reyes de España quisieron otorgarle un título. Pero Guarocuya dijo que no. Él no quería un título, sólo quería la libertad. Los españoles dijeron muy bien, tienes tu libertad, pero de lo que no se habían dado cuenta es de que Guarocuya la había tenido todo el tiempo, de que era algo que no estaba en sus manos darle o quitarle. Y Guarocuya vivió el resto de sus días en libertad. Era lo mismo con mi hermano. De igual modo que Guarocuya había luchado tanto por la libertad, mi hermano luchaba por un futuro.

Cuando el señor Moreno apareció de nuevo en la parte de atrás de su camioneta, todo el mundo pensó lo mismo, que dónde estaba Guario.

Papi envió a Roberto al Café de Rocco para que trajera a Guario. Mientras tanto, el señor Moreno entregaba unos papeles a la gente. Mami y papi cogieron uno y empezaron a menear sus cabezas. Las mujeres se quejaban y los hombres proferían toda clase de palabrotas en voz baja.

Guario vino a toda prisa, con la cara brillante de sudor.

Todo el mundo se apartó para dejarle atravesar la multitud y acercarse a la camioneta, y mientras avanzaba alguien puso uno de esos papeles en sus manos.

Bien, tengo que decir que nunca he visto el rostro

de mi hermano tan oscuro y tan furioso como cuando lo leyó. Nunca en toda mi vida.

Antes de que Guario pudiera decir nada, el señor Moreno levantó las manos y empezó a hablar por el micrófono.

Había muchas palabras que no entendía, pero las que entendí me atemorizaron mortalmente. Palabras como que el Gobierno era el propietario de esta tierra, y que el Gobierno tenía el derecho de venderla siempre que quisiera, y que el Gobierno la estaba vendiendo a una gran compañía para que construyera hoteles, y que esto beneficiaría a todo el mundo porque habría más puestos de trabajo y más turistas, pero que todos teníamos que trasladarnos inmediatamente. Eso fue lo que entendí y era bastante.

Corrí tan rápido como pude a mi árbol gri gri y me subí a él. Bien arriba, entre las verdes hojas, podía ver aún al hombre y oír su voz, pero ahora era simplemente una manchita allá abajo y no me daba miedo. Me sentí mucho mejor. Me pregunté si quizás Guarocuya se sintió del mismo modo cuando estaba en lo más alto de su montaña, si miraba a los españoles desde arriba y entonces no daban tanto miedo.

Me sentía muy contenta de estar en mi árbol gri gri

porque ocurrieron muchas cosas. Guario levantó el papel y lo rompió muy despacio en dos pedazos frente a la cara del señor Moreno. Después arrojó los pedazos en la camioneta como si no fueran otra cosa más que basura.

La historia de nuestra vecindad pivotó en ese gesto. Antes de él éramos un pueblo asustado, temeroso de perder nuestra tierra: después de él nos convertimos en un pueblo de rebeldes que luchaba por conservar sus hogares. El señor Moreno se limitó a mirar a Guario al principio, y entonces levantó el micrófono. Pero nadie pudo oír una palabra de lo que dijo porque todos empezamos a abuchearle.

Entonces uno por uno, cada hombre y cada mujer incluso cada niño, empezó a romper los papeles en dos y a tirar los trozos en la camioneta.

El señor Moreno se enjugaba la frente una y otra vez. Cuando todo el mundo se tranquilizó, levantó de nuevo el micrófono y dijo:

—Entiendo cómo se sienten y también lo entiende el Presidente. Créanme, hace esto por ustedes. Con los hoteles nuevos habrá más y mejores empleos. Habrá más turismo, más dinero para todos.

—¡Queremos nuestras casas! —gritó alguien.

Entonces habló Guario:

—Señor Moreno —dijo alto y claro—, no nos vamos a ir de nuestras casas ni de la tierra que pertenece legalmente a nuestras familias.

La gente lo vitoreó. El señor Moreno meneó la cabeza y respondió:

—¡Esta tierra ya está vendida!

Se hizo un silencio total. El señor Moreno se volvió a la cabina de su camioneta y el conductor arrancó el motor, pero los hombres del Gobierno no iban a ir a ninguna parte porque un grupo de gente se había colocado frente al vehículo. Unos chicos empezaron a saltar sobre el parachoques y a mover la cabina. El señor Moreno subió las ventanillas. Otros empezaron a golpear los lados de la camioneta con palos.

La camioneta consiguió abrirse paso lentamente hacia la carretera y finalmente, cuando salió de nuestra vecindad, todavía parte de los vecinos iban detrás de ella, abucheando a sus ocupantes.

Esa noche, en nuestra galería, todo el mundo tenía preguntas y nadie respuestas. Alguien sugirió que fuéramos a los tribunales.

—Demasiado corruptos —dijo el señor García—. Nunca ganaríamos porque todos los jueces están en el bando del Presidente.

—¿Pero dónde iremos? —gritó la señora García.

Este miedo estaba en todos y cada uno de nosotros: estas casas eran todo lo que teníamos. Supe con toda certeza que no había ningún sitio donde pudiera ir mi familia, que no había parientes que pudieran ayudarnos, ni dinero para comprar una casa o tierra en otra parte, que no teníamos nada.

Finalmente, a Guario se le ocurrió una idea. Nos dijo que el Gobierno no escucharía nada de lo que dijéramos a menos que afectara sus intereses. Y que ahora que estábamos tan cerca de las elecciones, el principal interés del Gobierno era parecer bueno a los ojos de los ciudadanos.

—Podemos decirle a todo el mundo en la isla lo que el Gobierno quiere hacernos, y quizá logremos convencer a suficiente gente de que si no nos resistimos, no habrá propiedad segura en la isla.

Mami, meneando la cabeza, respondió:

—Si averiguan que estás detrás de esto, Guario...

—Mami —dijo él—, todos estamos detrás de esto.

Y todos los que estaban en nuestra galería, todas las familias que yo había conocido desde que nací dijeron "¡Sí!, todos estamos juntos en esto."

Y así empezó nuestra pequeña rebelión, pero no teníamos ni idea de que fuera una rebelión en absoluto. Éramos un puñado de vecinos que deseaban conservar las casas en las que habían vivido y en las que habían vivido nuestros padres y en las que habían nacido nuestros abuelos. En cuanto a mí, lo que más quería conservar era mi árbol gri gri.

Durante las dos semanas siguientes lo observé y lo escuché todo. Cuando había reuniones me sentaba en el suelo cerca de la silla de Guario y me sentía consolada por el contacto de su pierna en mi hombro. Todo iba a ir bien.

La gente me pidió que escribiera un artículo para enviarlo a los periódicos. Guario habló y yo anoté sus palabras. Entonces lo escribí de tal modo que parecía un cuento con un comienzo y una parte intermedia, pero sin fin. En lugar de ello puse esta pregunta: "¿Qué van a hacer ahora?"

Alguien se encargó de pasar a máquina el artículo en una oficina e hizo cientos de copias. Me resultó asombroso ver algo escrito por mí con un aspecto tan pulcro y tan oficial.

A todo el mundo le gustó el artículo excepto a mami. Cuando lo vio, comenzó a llorar y supe que era a causa de esas rocas en el río por lo que tenía miedo. Las rocas donde yo podía resbalarme suavemente, caerme y ser arrastrada hasta el vasto mar, muy lejos de nuestra isla.

—No te preocupes, mami —dije—. Tenemos que hacer esto.

—No, cariño —susurró—, no tú, tú escribes bellos poemas y cuentos ¿te acuerdas?

Detestaba causarle tanta infelicidad a mami. Me sentí muy culpable mientras andaba por la casa y percibía sus ojos preocupados siguiéndome como si creyera que yo iba a desaparecer mañana.

No podía explicarle a mami que aunque prefería mil veces escribir poemas, tenía que escribir este artículo. Quería que Guario estuviera orgulloso de mí: muy dentro de mí yo sabía que no había escrito el artículo por ninguna otra cosa. Y me puse muy triste al darme cuenta de que había herido a mami por quedar bien ante Guario.

Intenté convencerme a mí misma y decirme que no era verdad. Guario afirmaba que nuestras palabras eran todo lo que teníamos, dado que la legalidad de nuestra propiedad venía de la posesión y no de escrituras de venta.

—Tenemos que luchar contra ellos con nuestras palabras —nos había dicho.

«Y eso es lo que estoy haciendo», me dije a mí misma.

Cuando los tres diarios de la isla imprimieron mi artículo casi palabra por palabra, mami dejó de hablar y se convirtió en una sombra silenciosa que se deslizaba por los espacios de nuestras vidas, ahora completamente consumidos por nuestra lucha.

Entonces llegaron los periodistas, que le hicieron fotografías a Guario y a nuestras casas, y escribieron historias con las mejores palabras que nunca había oído. Describían a Guario como el perfecto líder de su gente. Dijeron que era el futuro de todos los dominicanos porque nos había enseñado cómo erguirnos y cómo luchar.

Para mí estaba muy claro, más claro que para Guario, que su futuro estaba frente a él, aquí, no en una idea remota que pudiera haber tenido. Guario no necesitaba un futuro: ¡él era el futuro!

Mientras me sumergía en estos pensamientos, Guario estaba muy ocupado. Todavía trabajaba cada día en Café de Rocco, pero todos los ratos que tenía libre los dedicaba a pronunciar discursos ante grupos de obreros de las fábricas que rodean Puerto Plata o a viajar a Santiago, Santo Domingo y Samaná para hablarle a la gente.

La noche anterior a mi cumpleaños, después de una larga reunión en nuestra galería, no podía dormirme, así que me levanté y me fui a la cocina a escribir en mi cuaderno. Toda la charla acerca de mi sorpresa de cumpleaños, que Guario y el resto de la familia habían estado planificando, había cesado por completo debido a nuestra crisis. Yo había dejado de esperar algo especial en mi cumpleaños, y mentiría si dijera que no me importaba. Me importaba.

Me encontré a Guario sentado ante la mesa con la cabeza entre las manos. Pensé que estaba dormido, pero cuando lo sacudí por el hombro vi que simplemente se miraba las manos.

Me senté junto a él; no me importó que no habláramos. Junto a Guario me sentía segura y las palabras sobraban.

Continuó mirándose las manos mientras yo escribía en mi cuaderno. Después de un rato levantó la cabeza y dijo:

—Vienen mañana.

—¿Quiénes? —pregunté, sujetando la pluma en mitad del aire.

—Los ingenieros que van a construir el hotel. Van a venir mañana a medir. Vienen con la guardia.

—¿Pero cómo pueden? —pregunté—. Todos están

de nuestra parte. Los periódicos, los trabajadores, prácticamente todo el mundo de la costa norte.

Guario, meneando la cabeza cansadamente, contestó:

—Sí, sí, sí.

—¿Entonces qué ha ocurrido? —susurré con una bola de miedo formándose en mi estómago.

—Nuestras palabras no bastan —contestó Guario—. Somos simplemente soldados de las palabras y ellos lo tienen todo, dinero, contratos, excavadoras y armas.

—¡Pero las palabras pueden conseguirlo todo! ¡Lo dijiste tú mismo!

—Estaba equivocado. Es la gente la que puede hacerlo todo —Guario parecía agotado—. Las palabras no son otra cosa que invenciones de la gente, y no representan otra cosa que lo que la gente decida que representen.

Miré a Guario. ¿Era mi valiente hermano mayor el que hablaba? ¿El que nos había dicho que debíamos luchar con palabras, se rendía?

Mi corazón se hundió mil pies y quise agarrarlo por los hombros, sacudirlo y gritarle «¡NO, NO, NO, NO, NO! Son las palabras las que llevan a la gente a hacer las cosas. Las palabras son mejores que las excavadoras y que las armas».

Pero todo lo que dije fue:

—¿Y qué vamos a hacer ahora?

—Proteger nuestros hogares —respondió.

—¿Cómo? —pregunté.

—De la única forma que queda —respondió—, cuando las palabras no funcionan.

Me pasaron por la cabeza toda clase de cosas. ¿Se refería a las armas? «Ni hablar», me dije a mí misma, no podía ser que Guario estuviera pensando en armas. ¿Entonces qué? Estaba tan disgustada que casi no oí lo que dijo:

—¡Ay Díos mío, Ana Rosa, odio lo que vamos a hacer. Esto no debería ocurrir!

La agonía que oí en su voz me dejó sin aliento. Me sentí como si me hubiera golpeado una ola arrojándome a arenas oscuras. Era como si ambos nos estuviéramos ahogando y las olas se elevaran cada vez más por encima de nuestras cabezas. Y ni Guario ni yo teníamos control sobre lo que iba a ocurrir después.

Por la mañana el aspecto de Guario era muy diferente al que había tenido en la mesa de la cocina la noche anterior: Guario se veía alto y fuerte. Sus ojos castaños reflejaban el primer sol de la mañana mientras miraba a nuestros vecinos desde lo alto de la pared de nuestra galería. Los vecinos estaban frente a él; en las manos llevaban toda clase de cosas desde palos de escoba hasta piedras, botellas rotas y llantas de camión.

—Miren a su alrededor —dijo—. Esto es por lo que luchamos hoy: ¡nuestras familias, nuestras casas, nuestro pasado y el comienzo de nuestro futuro! Roguemos por que haya entendimiento en lugar de indiferencia, amigos en lugar de enemigos, generosidad en lugar de egoísmo y lo más importante, ¡palabras en lugar de violencia!

Los vecinos profirieron vivas, silbaron y gritaron «¡sí, sí, sí!». Entonces Guario bajó la voz y la multitud se calló para oír cada palabra de lo que decía.

—¡Lucharemos por lo que legítimamente es nuestro! ¡Y no nos rendiremos!

Cada uno de los que estaban frente a Guario en aquella luminosa mañana asintió con la cabeza. Todos sabíamos que no había más que decir. Teníamos que ver lo que ocurriría después.

Periodistas locales se acuclillaban en torno a nuestra galería, transcribiendo las palabras de Guario. La multitud de vecinos se disgregó para dirigirse a sus respectivos lugares. Guario pasó junto a mí en la galería:

—Feliz cumpleaños, cariño —dijo—. Esta noche te voy a llevar a tomar un helado.

Quise abrazar a Guario. Quise rodear su cuello con mis brazos y no dejarle ir hacia la carretera frente a la cual todo el mundo lo esperaba como al líder. Quise decirle «vayamos a tomar un helado ahora mismo».

Pero en lugar de ello le ofrecí una pequeña sonrisa: casi no podía mover los labios. Y le apreté la mano.

Guario salió y todo ocurrió muy deprisa. Papi y sus amigos fueron hasta la galería de la casa vecina arrastrando gomas de camión y latas de gasolina. Mami nos llamó a Ángela y a mí para que entráramos y cerró bien puertas y ventanas. Se arrodilló en el suelo frente a la estatua de nuestra Virgen María y empezó a rezar. Ángela se sentó en una silla, agarrándose las rodillas, los ojos fuertemente cerrados.

Escuché a mami recitar el santo rosario y vi cómo sus dedos se desplazaban de una cuenta a otra. Las palabras estaban llenas de familiaridad y de sosiego.

A las ocho en punto oí el penetrante rugido de los camiones que recorrían nuestro camino de tierra. Eran los ingenieros y los trabajadores. Supe que eran ellos por el ruido que provocaron afuera, los abucheos y las maldiciones.

Mami rezaba el rosario aún más alto para ahogar los ruidos que venían de afuera mientras Ángela mantenía los ojos cerrados. Yo me lancé lentamente hacia la puerta trasera, levanté el cerrojo y corrí hacia afuera. Casi me detuve cuando olí la cólera en el aire.

¡*Buuum*! Una explosión sacudió la tierra y una nube de humo negro se elevó hacia el cielo. Me cubrí la cabeza y corrí como una lagartija agachándome hasta mi árbol gri gri. Trepé por él a toda velocidad, arañándome las manos y los pies en las ramas.

No me atreví a mirar hacia abajo hasta que me sentí segura en lo más alto. Entonces, al bajar la vista, vi que todo había enloquecido.

Papi y el señor García estaban derramando gasolina sobre las llantas y pegándoles fuego con fósforos. Las llamas se elevaban hacia el cielo. Los empleados del Gobierno saltaban de los camiones, tosiendo y apartando a manotazos el humo de sus caras. Mientras el humo se elevaba hacia el cielo como si fueran globos grises, el olor de la goma quemada me llenó la cabeza. Cuando el humo se aclaró un poco, vi a la guardia con sus uniformes verdes y con sus largas y negras armas sujetas a los hombros por correas. Los hombres de la guardia gritaban y agitaban las armas de un lado a otro como si estuvieran bailando. En el otro lado estaban mi familia y los vecinos, el señor García, el señor Rojas, papi y Guario en el frente. Iban armados con piedras, bates de pelota y con botellas rotas cuyos bordes lanzaban destellos verdes entre la neblina.

Me quedé helada cuando un guardia obeso con una gorra roja empujó a Guario en el pecho con el cañón de su arma. Guario lo apartó con la mano y le gritó algo al guardia gordo. Me agarré a las ramas con tanta fuerza que al poco rato no sentía los dedos. Entonces oí un estruendo sordo y retumbante y los camiones empezaron a retroceder. Recorrieron en sentido contrario al que habían venido por el camino de tierra y desaparecieron doblando la esquina del colmado del señor García. Papi, el señor García y el señor Rojas empezaron a darse palmadas en la espalda y a aplaudir. Yo no aplaudí: tenía los ojos fijos en el guardia gordo y en Guario porque no se habían movido ni una pulgada. Estaban de pie el uno frente al otro, separados por muy poca distancia y casi debajo de mi árbol.

En ese momento el árbol empezó a temblar: podía sentirlo a todo lo largo. La tierra se movía. Todo el mundo se quedó completamente quieto porque todos lo habían oído al mismo tiempo: era el zumbido de motores poderosos que rugían lentamente hacia nosotros.

Lenta y seguramente, el rugido sordo se fue haciendo más alto, y entonces aparecieron unos monstruos amarillos y negros, unos monstruos que hacían temblar la tierra, que se comían la tierra. Devoraban todo lo que se les ponía por delante: arbustos, flores, el colmado del señor García, árboles, galerías y cualquier otra cosa. Eran dos máquinas niveladoras gigantescas provistas de malignas y hambrientas mandíbulas.

El señor García intentó correr hacia su colmado y su casa, pero un guardia lo arrojó al suelo. Otro golpeó al señor García en la cabeza y papi y el señor Rojas se lo llevaron para evitar que le pegaran de nuevo. Papi y el señor Rojas gritaron y empujaron al guardia. Mami y Ángela abrieron las ventanas y gritaron cuando vieron las niveladoras; salieron corriendo, agarrando a los niños más pequeños de la mano y sacándolos a empujones de la trayectoria de las máquinas, que avanzaban sobre las casas como lagartos gigantescos, dejando tras ellas montañas de escombros rosas, azules y púrpuras, los ladrillos de las que una vez habían sido casas.

La gente de mi pueblo, los hombres y las mujeres, los vecinos que habían escuchado mi historia y que me habían aplaudido, todos se volvieron para enfrentarse a las máquinas y a la guardia. Con papi y Guario al frente y el señor Rojas y el señor García junto a ellos, mi gente empezó a tirar todo lo que podía encontrar: botellas de ron y piedras, ladrillos rotos de las casas derribadas, cualquier cosa. Incluso los niños pequeños lloraban y lanzaban piedrecillas a los guardias y a las máquinas. Yo lo miraba todo como si fuera un sueño. No hubiera podido bajar de mi árbol aunque hubiese querido.

Las niveladoras llegaron hasta la multitud. Guario se metió los dedos en la boca y silbó fuertemente: de los arbustos salieron Roberto y sus amigos, los que alquilaban sillas de playa en Sosúa. Roberto lanzó una rama de árbol en las mandíbulas de una máquina. Entonces él y sus compañeros de playa treparon por la máquina como hormigas que se extienden sobre un trozo de bizcocho. Cuando arrastraron fuera al conductor, se oyeron los primeros disparos.

Mis ojos pasaban de una lucha a otra, de un grito a otro, de un disparo a otro. Pero siempre, siempre, mis ojos volvían a Guario.

Y entonces todo se quedó tan quieto que podía oír llorar las flores y las plantas, podía oír respirar el sol. Y el mar, el hermoso mar azul, se aquietó al punto de que las olas no rompían. Era un espejo plano y tranquilo.

Guario estaba de pie bajo mi árbol gri gri, con los brazos completamente extendidos. Una horrible e ira-

cunda niveladora se dirigía directamente hacia mi
árbol. Guario levantó la vista hacia mí con expresión
preocupada. El guardia gordo con la gorra roja le daba
golpes con el cañón de su arma, intentando apartarlo
de mi árbol, pero Guario lo ignoraba. Yo lo veía todo
desde arriba, desde lo alto de mi mundo gri gri.

«¡Guario, corre!», quería gritar, pero no me salían
las palabras. No me salía nada y me limité a quedarme
allí, aferrada a la rama. Entonces oí un ruido dentro de
mi cabeza y vi el cuerpo de Guario saltar hacia atrás.

«¡¡No!!, grité, ¡¡No!!», pero ni siquiera fui capaz de
decir estas palabras. Estaban atrapadas dentro de mí,
allí donde vive todo mi miedo. Y al tiempo que Guario
caía al pie de mi árbol gri gri, vi que miraba hacia arriba
y vi que mi apuesto, mi valiente hermano, me sonreía.
Vi que abría las manos y que estaban cubiertas de sangre, y de repente el volumen del mundo volvió de golpe
y cada ruido imaginable cayó sobre mí. Miré hacia
abajo, vi a Guario que yacía en la tierra bajo mi gri gri,
con los brazos extendidos como si fueran vastas alas de
ángel y supe que todo era culpa mía.

⟿

EL COLOR DE MIS PALABRAS

Palabras de plata
que llueven del cielo.
Las azules flotan
de un lado a otro.
Mézclalas con rojos
instrumentos de sangre.
Píntalas de blanco
enmárcalas en barro.
Este retrato mágico
que sujeto en las manos,
es un collage de palabras
colores y planes.
La historia de mi hermano
recordada y dicha.
El color de mis palabras
siempre predominará.

Durante días nadie consiguió bajarme de mi árbol. No es que muchos lo intentaran: mami se había convertido en su sombra y se escondía en alguna parte de nuestra casa. Papi y Roberto estaban en la cárcel con otros hombres, siendo interrogados. Ángela había caído en cama, enferma.

Era Ángel el que venía hasta el árbol y me hablaba. Se quedaba allí durante horas y a veces traía la mecedora de papi y se sentaba junto a mi gri gri. Yo nunca decía una palabra, pero Ángel se quedaba de todos modos. Pienso que debe de haber sido mi hermano Guario que dormía en su tumba al pie de mi gri gri el que le hacía compañía, porque desde luego no era yo.

Me sentaba en mi árbol sin mirar nada, ni el mar ni las montañas. Y nada sentía. Ni siquiera notaba el verdor de las hojas que me rozaban con fuerza cuando llegaba la tormenta. Me tapaba completamente agarrándome a la rama entre el viento huracanado, pero no sentía frío.

Sólo por las noches bajaba del árbol. Caminaba hasta la playa donde sólo estaba la pulida superficie negra del mar de medianoche cuando las estrellas habían caído del cielo y no había luna que iluminara la existencia de nada ni nadie aquí en mi isla.

A veces me metía en la cama y dormía cerca de Ángela. Por las mañanas volvía a mi gri gri y me subía a él. No iba a la escuela. No hablaba. No escribía una palabra. Sin embargo, había muchas palabras que giraban y giraban en mi cabeza y, aunque no podía ver qué palabras eran, veía su sombra y el color de mis palabras era rojo.

Y entonces, una mañana, cuando me subía al árbol, un ruido estridente, como el motor de una motocicleta, se oyó en el pueblo. Pero sonaba exactamente como los disparos que había oído el día de mi cumpleaños. Estaba a medio camino en mi ascenso y el ruido me dio tanto miedo que solté la rama y me caí.

Lo vi todo con absoluta claridad. El guardia gordo de pie con el arma en la mano, y el cuerpo caliente de Guario al pie de mi árbol.

Agaché la cabeza y lloré. Lloré hasta que el rojo hubo desaparecido y todo lo que podía ver eran espacios negros.

«No más palabras», le susurré a la tierra. Cogí dos puñados de tierra y levanté la vista hacia el cielo, hacia Dios y hacia Guario. «¡Prometo que no escribiré otra palabra!». Era el único castigo que podía imaginar digno de lo que había hecho. Me había sentado en mi árbol y había visto morir a mi hermano; él intentaba protegerme y yo no había hecho nada para ayudarle.

Si el que yo abandonara la escritura le importaba a Dios o a Guario, no lo sabía. Pero era todo lo que tenía, y ya había dejado de tenerlo, del mismo modo que había dejado de tener a Guario, del mismo modo que no tenía nada, nada en absoluto en mi isla verde oscura donde los ríos corren veloces sobre las duras rocas.

Ni siquiera tenía ya mi árbol gri gri. En el fondo de mi corazón sabía que nunca volvería a sentirme cómoda en ese árbol. Y cuando finalmente pude abrir los ojos y mirar a mi alrededor, mucho había cambiado. Los disparos y los disturbios habían terminado. El proyecto para construir el hotel se desestimó y el Gobierno nos devolvió nuestra tierra; eso es lo que les dijeron a los periodistas, pero no comprendieron que no era suya para quitarla o para darla. Siempre había sido nuestra y nunca la cedimos —ni una pulgada— gracias a Guario.

Ángel iba a irse a Nueva York. Roberto había regresado de la cárcel con papá que había encontrado un empleo en la fábrica de queso de Sosúa. Ángela cocinaba y cuidaba de todo el mundo. Mami regresaba poco a poco a su cuerpo.

Intenté explicarles a mami y a papi que la muerte de

Guario era culpa mía. Pero mami se cubrió la cara con las manos y lloró.

—Es culpa nuestra, cariño —dijo.

Papi se acercó, nos rodeó con los brazos y dijo en voz baja:

—Cállate, mi amor. No es culpa nuestra.

Pero su voz se rompió en dos, exactamente como se había roto mi corazón, y ni siquiera papi pudo convencerme de que no era verdad lo que yo sabía que era cierto.

Un día me levanté y me di cuenta de que tenía trece años. En realidad habían pasado seis meses desde la fecha oficial de mi cumpleaños, pero papi y mami habían decidido que iba a tener el cumpleaños que no celebramos. No me sentí muy feliz, pero el resto de nuestra familia y nuestros vecinos estaban ilusionados con la fiesta, así que fingí que era una buena idea.

Era un día cálido y la lluvia se precipitaba de las nubes en grandes aguaceros entre rayos de sol. Era la clase de calor que hace que la blusa se te pegue a la piel y que tus rizos cuelguen pesadamente por tu espalda como lianas.

Afuera, las hojas de plátano, anchas y verdes, se agitaban contra las ventanas. El señor García me saludó mientras abría las puertas de su nuevo colmado en la esquina. El señor Rojas me gritó «¡feliz cumpleaños!» mientras se apresuraba a subirse a un motoconcho para ir a trabajar. La señora Pérez se acercó y me regaló un dibujo que había hecho para mí. Era Guario, con alas de ángel en la espalda, sentado al pie de mi árbol gri gri. Me mordí los labios para no llorar frente a ella; era muy hermoso y me pregunté cómo sabía la señora Pérez que eso era exactamente lo que yo veía cuando miraba mi árbol.

Papi se preparaba para su turno en la fábrica de queso. Desde la muerte de Guario, se habían acabado los días de beber ron en la galería. Mami me dijo que hasta lo peor siempre tiene una consecuencia buena. Yo era la que me sentaba en la galería después de la escuela en la vieja mecedora de papi.

Todos los días me sentaba allí, mientras nuestro ardiente sol oscurecía mis pies, que descansaban en la pared. Los dedos de mis pies señalaban directamente hacia mi árbol gri gri y hacia la hermosa cruz blanca que papi y Roberto habían colocado en la tumba de Guario.

Nuestro pueblo había cambiado mucho en seis meses. Era temporada de turismo y teníamos más visitantes que nunca. Cientos de ellos llegaban en grandes aviones plateados. Paseaban por Sosúa en traje de baño, intentando decir algunas palabras en español con sus raros acentos.

Todas las semanas, cuando llegaban los aviones, se producía mucha excitación, como si todos esperáramos algo grande pero no supiéramos qué. Lo que nos llegaban eran más y más turistas, que estaba bien porque nuestros hoteles y restaurantes los necesitaban y con ellos nuestras playas cobraban un aspecto feliz y lleno de vida. Pero todavía esperábamos que algo especial saliera del cielo, o quizá era yo la que lo esperaba.

La mañana de mi cumpleaños, papi y mami me dieron el regalo más extraordinario que jamás recibiré en mi vida: una reluciente máquina de escribir azul y plata y, con ella, cientos de hojas de papel blanco. La miré durante tanto tiempo que papi preguntó:

—¿Qué pasa, cariño?

Meneé la cabeza y respondí:

—Nada, papi.

Y entonces la toqué. Pasé la mano sobre el fresco metal y oprimí las suaves teclas blancas. Era la cosa más bella que había visto en mi vida.

Había una tarjeta firmada por todos. Ángel en Nueva York, Ángela, Roberto, papi y mami, el señor y la señora García, y al final de todo estaba el nombre de Guario en letras pequeñitas que casi no podía leer.

—Nos dijo que necesitarías esto para tu futuro y que todos debíamos trabajar juntos para conseguírtela —dijo mami.

—¿Cuándo? —pregunté, levantando los ojos y clavando mi mirada en la suya.

Papi, aclarándose la garganta, puso su áspera mano sobre mi cabeza:

—Pocos días antes de que muriera, cariño. Nos dijo que tenías que ser escritora. Y se lo prometimos.

—Pero ya no escribo —susurré. Pero eso sólo era verdad en parte. Tenía un millón de historias en la cabeza que no se alejaban de mi mente.

Mami habló entonces secamente:

—Bueno, Ana Rosa, es tiempo de cambiar.

No les podía explicar a mami y a papi por qué ya no escribía más. Así que, en lugar de ello, bajé andando hasta la playa.

Es difícil sentirse triste en la playa. Las olas te hablan y el viento juguetea con tu nuca y la arena calentada por el sol se desliza entre tus pies, tirando de ti hacia abajo, haciendo que te cueste más andar, obligándote a pararte y a patearla, arrastrándote hasta la orilla donde es oscura y fresca, y deja pequeñas estrellas de agua bajo tus dedos.

Y allí, en la orilla, las olas llegan hasta ti, te salpican con sus gotas de cristal y te hacen sonreír. Entonces, antes de que te des cuenta, te metes corriendo en el agua y saltas una gran ola que sube hasta el cielo, desde donde sabes que tu hermano te mira. Así que levantas la cabeza y le sonríes y le haces un gesto con la mano si nadie mira, y le dices "es mi cumpleaños", de modo que nadie, salvo los peces, pueda oírte. Te preguntas por un momento si Guario escucha, pero sabes que sí, porque es tu hermano y siempre lo será pase lo que pase.

Se levanta otra ola y te salpica tan fuerte que se te llena la boca de agua salada y la escupes y te ríes y tienes la ropa empapada y el cabello lleno de arena. Pero no pasa nada porque es tu cumpleaños.

Si alguna vez se te perdona algo será aquí, en la playa inundada por el sol, en el mar, bajo una ola, junto a todo lo que te hace feliz sin ni siquiera esforzarte. Las palabras fluyen como el océano, como el río, como la sangre de Guario en mi cumpleaños, el día de su muerte, el mismo día, el mismo momento, los dos unidos para siempre.

Las palabras, sólidas como diamantes, chapotean

dentro de mi cabeza y no pueden pararse ni con piedras, ni con armas, ni con deseos, ni con lágrimas, las palabras con las que contar la historia de Guario.

Levanté la vista hacia el remoto cielo azul desde donde Guario me mira.

—¡Lo siento! —grité tan alto como pude—. ¡Lo siento!

Las olas y el viento se llevan mis palabras. Se las llevan, espero, hasta el cielo mismo, hasta donde Guario pueda oírme. Quizá son las alas de plata de las olas las que me tocan como si fuera por primera vez, o quizá se debe a que había aguardado la respuesta durante tanto tiempo, pero repentinamente me encontré aquí de pie, rodeada por el cielo y el océano y me di cuenta de lo que tenía que hacer.

Tengo que escribir la historia de Guario para que todo el mundo sepa de mi hermano. La escribiré con mi máquina de escribir nueva, y hoy es el día que voy a empezar, es hoy o nunca. Lo sé. Así que salgo a la carrera de las olas, y sigo corriendo por la playa, y durante todo el camino de vuelta a casa las palabras cantan en mi cabeza.

NOTA Y AGRADECIMIENTOS DE LA AUTORA

La primera vez que visité la República Dominicana no sabía mucho sobre este país caribeño. Lo que allí me encontré fue más de lo que podía imaginar. Llegué a Sosúa, un pueblecito de la costa norte no muy lejos de donde Colón desembarcó. Lo odié nada más verlo: demasiado polvoriento, demasiados motoconchos, no entendía una palabra de lo que la gente me decía, y la música era ruidosa, estridente y no paraba nunca. Me llevó sólo dos días enamorarme de este pueblecito costero, de los dominicanos que ríen y que te dan abiertamente la bienvenida, del merengue, que llenaba mis huesos de ritmo y que me hacía bailar en todas partes. Me recordó a mi propia isla caribeña de Trinidad, y me encantaron los colores, los olores, las flores y los árboles y sobre todo el hermoso mar azul que rodeaba la isla y las exuberantes montañas verdes que la protegían.

Con todo esto intento decir que quiero dar las gracias a los dominicanos que me acogieron y que compartieron conmigo sus historias, su comida, sus hogares y su amor.

Gracias a mi buen amigo Guario y a toda su familia. Guario, todavía eres el mejor camarero de Sosúa. También quiero darle las gracias a mi esposo, José Severino, un hombre de corazón gigantesco que me presentó a la familia de Guario, me mostró todo el esplendor de su isla y me enseñó a hablar español y a bailar merengue. Gracias también a Aníbal y a todos mis amigos del restaurante P. J. y Morua Mai, incluyendo a mi loco compadre Luis Rojas; a Ironman Alex de Jesús por guiarme con toda seguridad por Pico Duarte; a Delores Vicioso por el interesante trabajo de escribir artículos de viaje para el Santo Domingo News, y a mi mejor amiga, Judi Trottman, que siempre está a mi lado.

Y quiero agradecer especialmente a mi familia, sobre todo a mi madre, que cree en mí y siempre me ha animado, y a quien se le ocurrió el título de este libro. A mis hijos, Jared y Brandt, gracias por su amor increíble y por todas las historias divertidas que me cuentan.

Y, por último, gracias a Joanna Cotler y a Justin Chanda por su tremendo entusiasmo y sus gentiles sugerencias.